宫本辉
作品集

# 群星之悲

星々の悲しみ

〔日〕

# 宫本辉

著

信誉 译

人民文学出版社
PEOPLE'S LITERATURE PUBLISHING HOUSE

著作权合同登记号　图字 01-2022-1384

宫本　辉
星々の悲しみ

HOSHIBOSHI NO KANASHIMI
by MIYAMOTO Teru

**图书在版编目(CIP)数据**

群星之悲/(日)宫本辉著;信誉译.—北京:
人民文学出版社,2023
　(宫本辉作品集)
　ISBN 978-7-02-017661-8

　Ⅰ.①群…　Ⅱ.①宫…②信…　Ⅲ.①短篇小说-小
说集-日本-现代　Ⅳ.①I313.45

中国版本图书馆 CIP 数据核字(2022)第 235760 号

责任编辑　朱卫净　周　展
装帧设计　李苗苗


出版发行　人民文学出版社
社　　址　北京市朝内大街 166 号
邮政编码　100705

印　　制　凸版艺彩(东莞)印刷有限公司
经　　销　全国新华书店等

字　　数　100 千字
开　　本　787 毫米×1092 毫米　1/32
印　　张　5.5
版　　次　2023 年 2 月北京第 1 版
印　　次　2023 年 2 月第 1 次印刷

书　　号　978-7-02-017661-8
定　　价　39.00 元

如有印装质量问题,请与本社图书销售中心调换。电话:010－65233595

宫 本 辉
作 品 集

# 目录

# 群星之悲

　　我曾在一年里读了一百六十二部小说。那是一九六五年，我十八岁。

　　由于考大学落榜，所以高中毕业典礼之后，我就去办好了大阪梅田一家补习学校的入学手续。四月中旬开学前我都宅在家里睡觉。虽说躺着，我也总算立下了要在这一年里刻苦学习的决心。

　　开学的第四天有个摸底测验。两天后，考试结果贴在了公告板上面。我刚好在排名的正中间。补习学校是栋四层楼，从楼里出来走上外面大街的人行道时，刺耳的汽车喇叭声响了起来，我抬头望去，只见一位小型卡车的司机正在高声喝骂着插队的小轿车。那人剃着和尚头，似乎跟我年纪差不多。他从车里探出身，狠狠瞪着对方，又无意中对上了我的视线。不知为何，他似乎一下子把对那辆小车的愤怒转而投向了我，目不转睛地盯着我看。春日的阳光照着车，照着路，照着路旁的店。温热的风在脚边盘旋，把丢在地上的赛马竞猜报纸一下子卷走了。我连忙移开视线，一边挪着步子，一边又悄悄回过头去。那个司机还看着我，之后猛地发动了车子，露出了一丝浅笑。我也朝他笑了笑，然后收回目光继续往前走。那一瞬间，我生出了一种强烈的感受——想要沉浸在那种非现实的、遥远的、令人心旌动摇而又并不虚伪的世界之中。

我把装着参考书和模考试卷的纸袋夹在腋下，一路走到了国铁大阪站，停下脚步思考着接下来要去哪里。车站大厅很暗，人来人往，都是些黑压压的轮廓。再往前，笔直的御堂大道仿佛正熠熠地闪着光彩。虽然口袋里只有一张定期票和四个一百日元的硬币，但我还是顺着那道炫目的光继续往前走去。我横穿过梅田新道路口，在去往淀屋桥的路上左拐，走进了一条窄窄的小巷，在一个专门售卖流当品的店铺前放慢了脚步。法院在附近，因而这一带能看到很多司法文书事务所的广告牌。十字路口处有一家很大的汉方药店，它的二楼则是一个名叫"麝香"的咖啡店。读高二的时候，我有时会旷课去中之岛的中央图书馆，在那里埋头阅读外国的旧小说。回来的时候也会在这家店里喝点红茶或果汁。汉方药店是家老铺子，门面与两年前相比毫无变化。我一边打量着它，一边走上车水马龙的大路，然后步履轻快地走过了通往图书馆的那座老石桥。刻着桥名的方形石座上是很大的狮子坐像，但上面全是鸽子的粪便，已经分辨不清任何一只狮子的表情了。再看过去，不仅仅是狮子，连同图书馆的屋顶还有对面法院的老房子上面也到处糊着鸽子粪，好端端的拱形屋顶，结果在阳光的照射下显得坑坑洼洼的，像是弹痕。

我讨厌鸽子。特别是城市里的鸽子。我讨厌它们那副好似善良的样子，所以看到图书馆那巨大的西式建筑被这些家伙排出的粪便搞脏了，就觉得很生气。我坐在正中间的石阶上抽烟，看到无数鸽子从中之岛公园那边飞过来，落在图书馆的窗边或是拱形屋顶上，心里的某种情绪似乎突然熄灭了。考试学习什么的，怎样都无所谓了。所以我准备休息一天。这一整天就读一些喜欢的书。明天开始再学习。

图书馆里有两个入口。进门右手边是自习室，左边则是普通阅览室。自习室里全都是高中生和落榜生，要在清早没开馆的时候去排队才能抢到座位。而普通阅览室一般都会有空位，所以即使下午来也没有问题。不过阅览室规定只允许带一个笔记本进入，于是我办理了入馆手续，把纸袋存在柜子里，又去坐在吸烟室里抽烟。吸烟室里没有人，铝制的大烟灰缸里堆满了烟蒂，还冒着烟。图书馆建于明治三十七年（一九〇四年），是一座新文艺复兴风格的建筑，板壁和灰泥墙都已经变色发黑了。被烟熏了数十年，吸烟室自身仿佛都化作了烟管，室内潮闷闷的。

我上了二楼，朝那个空落的圆形房间走去。有光穿过天井的彩窗照下来。玄关的大厅正中，有一张小接待桌摆在正面，但我从没见过有人坐在那儿。我抬头看彩窗上红色和蓝色的玻璃，看了很久。有黑影在上面移动。是鸽子。有个人正放轻脚步走在三楼环绕大厅的圆形走廊上，像是个女大学生。她从栏杆那里探头瞥了我一眼，然后走进了某个房间。我盯着她丰满的胸看，也很中意她漂亮卷发之下的细长的眼睛。因为我很喜欢单皮细眼的模样，所以想看清她到底是单眼皮还是双眼皮，于是三步并两步地上了楼，去那边的几个房间里找她。她坐在"外国文学"书区的一张很大的长方形桌子的一角。虽然我只准备拿出一天时间来读书，却不知为何突然想看一看俄国人写的那种很长很长的小说，想把它从头到尾一个字一个字地读完。所以我去了贴着"俄国"标签的书架。她在看窗外，我悄悄地看她。她分明是双眼皮，但是，我的身体仍然激动了起来。她穿着白色棉布衬衫，有两个扣子是解开的，仿佛在暗示那通透的肌肤下方正藏着浅桃色的香囊。这种刻意低调的打扮在我眼中反而魅力倍增。

初中和高中，我念的都是只有男生的私立学校，所以一个异性朋友都没有。虽然也有几个同学和其他学校的女生谈了恋爱，但我完全没有那种机会。在将近六年的中学时代，我一次都没有同年纪相仿的女孩子说过话。即便如此，我却完全没有犹豫，离开书架径直走到她身边，问道：

"请问这本书你快读完了吗？"

话音刚落，我就发现自己已经找到了最好的搭讪方式。这一点让我自己都很惊讶。她抬起头，合上了手中才读了一半左右的那本厚重的书，问：

"你在找这本书吗？"

看到她读的是托尔斯泰的《复活》，我浑身仿佛掀起了一阵红潮。确实，我想读的刚好就是俄国的长篇小说。

"我想还要两三天才能读完。"

"那这段时间我就读其他书吧。请你不要介意，慢慢读就好。"

我从书架上层取下《屠格涅夫全集》，坐在她斜对面的座位上开始读。全集的第一篇是《父与子》，我高中时已经读过了，于是就向后翻到了《猎人笔记》的第一页。我打开新买的笔记本，在最后一页写上：一九六五年四月二十二日、屠格涅夫、猎人笔记。写完又瞥了她一眼。她似乎比我年龄稍长。窗边的光照着她的头发，能看出有些地方透出了栗色，有些地方则仍是黑色。我想她一定是染过发的。我觉得，这种不惹眼的染发方式也非常优雅。阅览室里只有八个人。还有人用书围了一圈，自己伏在桌上睡觉。所有的窗子都开着，有风吹进来。她右手扶着书，左手时不时抬起来拢拢头发，目光始终落在《复活》上。我也收敛心神，开始读屠格涅夫。大概过了半个小时，那本《复活》被放在了我的面前。我惊讶地抬起头，看到她正站在桌旁。

"才读了一半，就花了我一周时间。一想到还有人等着读，我就走神读不下去了。你先读吧。我之后再读也没问题的。"

"不用不用。我还有很多要读的书，这本什么时候读都可以。"

我坚持把书推了回去。因为不这样的话，两三天后我就没有再跟她说话的机会了。看她有些犯难，我又说：

"因为今年之内，我要把那边的书全都读完。"

我指着那边的书架，那里放着法国文学和俄国文学的书，粗略看来也得有三百本左右。她似乎觉得我是在说笑，微微一笑，拿着《复活》回了自己的座位。看到她的笑，我就知道她是个聪明人。很多女人的漂亮外表下隐藏着污浊的愚钝。在电车里和地下商店街的人潮中，这样的人每天都随处可见。那种女人在望见车里挂着的海报或是盯着商店橱窗看的时候，会在一瞬间暴露出自己真实的脸孔。但她不同。无论是在阅读书上的文字时，或是在翻页时，或是望着窗边的鸽子一齐飞起时，她都不会轻易表露出自己的本色。

突然她抬头看向我。我顿时慌了，来不及转换神色，只好茫然而忙乱地转眼去看那泛出绿锈的老旧的黄铜窗框。但我随后就打算像这样再来几次。被她发现后不得不慌张地移开视线——尽量装出一副纯情的年轻男孩的模样。我这样重复了两次，自己都惊讶于自己的熟练。然后我再没从《猎人笔记》上移开过视线。她把书放回原处，走了。

我在安静的阅览室一角一直坐到了傍晚，读完了《猎人笔记》。我本来打算只读一天闲书，但又改变了计划，准备继续到图书馆来，直到把《屠格涅夫全集》读完。我决定明天读《罗亭》，后天读《贵族之家》，就把书放在了书架上层靠边的位置。

于是我每天都去图书馆，然后每天都坐在同一个座位上。让我把考试学习抛诸脑后、执意想要全部读完的那两百多本书就陈列在我面前的书架上——褪色的书脊散发着受潮后的纸味，在颇有些年代的木质书架间沉默着。那本之后再没人碰过的《复活》和托尔斯泰的其他作品放在一起，比其他书稍稍突出了一些，是我有意这么放的。这样，如果我不在的时候她来了，也能很快地找到这本书。

在图书馆的第八天，我读完了厚厚的《屠格涅夫全集》。但《复活》完全没有被人动过的迹象。我取下《安娜·卡列尼娜》的上册，坐下来。从早上开始，天空就是一副马上会下雨的模样。读了一两页，我的头就开始痛了起来。我打了好几个哈欠，用食指揩了揩眼泪。这个微暗的空间仿佛被无数整齐排列的书本包围起来了。我茫然打量着这些书——即便把这里所有的书都读完，也未必能考进心仪的大学——我这么想着，瞬间感受到了一股强烈的不安。我托着腮，望着窗外或聚或散的乌云。想到只要进入大学，不管是读书还是和女孩搭讪或是像疯了一样地学习都将成为我的自由，我就觉得更恼火了。看了看手表，已经十点半了。这天是星期五，补习学校下午有模考。周五有模考练习，到明年的一月末，每周都会这样重复下去。我觉得同考试相比，弗拉基米尔·彼得罗维奇[①]的初恋对我来说要重要得多。对于人生而言，恐怕把时间用来陪伴安娜·卡列尼娜，同她一起经历背德与悲惨的结局，才能带给我更加宝贵的财富吧。不过我还是把书放了回去，然后把笔记本卷起来塞进裤子后兜，走出了这间屋顶很高、温度很低的阅览室。我在吸烟室里站着抽了支烟，从储物柜中拿出纸袋和伞，走过了图书馆那狭窄而阴暗的出口。

　　两个年轻人在那座两边蹲着脏狮子的石桥正中央丢石子玩。他们背靠着一侧的栏杆，正试图把石子投进摆在对面栏杆下的牛奶瓶里。我想起来，自己是见过他们的。这两个人在补习学校里和我同一间教室，听课时一直坐在第一排。我能记得他们，是因为其中一个人有着轮廓深邃的秀美容颜，即便是身为同性的我，看到他也会瞬间失神。而另一个人，大家都说他像是漫画里的丑角，容貌丑陋得简直让人同情。所以这两人都十分引人注目。他们总是一起来上学，放学时也一起走。看到有人过来，他们停止了扔石子，静静站在那里等着我过去。其中一个看清了我的脸，和同伴耳语起来。另一人也似乎认出了我。我经过他

---

① 屠格涅夫小说《初恋》的主人公。

们的时候，那位"丑角"朝我打招呼：

"哟。"

我笑问道：

"你们在这儿干什么呢？"

上方是蜿蜒的高速路，能听到车辆飞驰的声音。鸽群在桥下时起时落。灰蒙蒙的天空让同色调的鸽子显得更脏了。

"图书馆没座位了，在这里打发时间。"

"哦……"

旁边的"美男"仿佛在估价一样上下打量我，说：

"图书馆门口掉了张一万日元纸币。我先发现的，但被这家伙一脚踩住了。我们还在争它到底该归谁。"

"谁能把石子扔进牛奶瓶，钱就归谁。"

他们手上都握着几个石子。我从"美男"手里取了一颗，朝着牛奶瓶扔过去。投中的概率怕是几百分之一吧。但转眼，我丢出的石子已经在牛奶瓶中骨碌碌地打转了。"丑角""哇啊"地喊了一声，往瓶子那儿边跑边叫道：

"进了！奇迹啊！"

"美男"笑弯了腰。我越是目瞪口呆地看他，他越是一直笑。

"我刚在图书馆里看书，但实在提不起精神来，要不下午去考试算了。"

我感觉他们也没有去考试的意思，便把纸袋放在栏杆上，一边看着堂岛川的流水一边说道。河水到处泛着彩色的光泽，就像鸽子头颈处的毛色一样。"美男"也像我一样用胳膊撑着栏杆，问我是哪所高中毕业的。我回答了，又问他们的名字。"美男"说自己叫有吉，然后指着"丑角"告诉我：

"这家伙是草间。"

"我叫志水。志水靖高。"

大颗的雨点把桥上的石阶打湿了。有吉和草间都没带伞，于是我们挤在一把伞下面走。路边是司法文书事务所，还有大阪拘留所的外墙。走到麝香前时，我说：

"在这家咖啡店里不管坐多久，店员都不会管的。"

我们踏着汉方药店旁边的窄楼梯走进了麝香。入口旁的墙壁上面挂着一幅很大的油画。两年前，我也曾久久地注视过它。但直到这时我才发觉，在它那明亮的色调之下，沉潜着一种难以名状的苦痛。画上是一棵枝繁叶茂的大树，一个少年躺在树下。他的脸上覆着一顶草帽，双手放在腹部，睡得正熟。树旁停着一辆自行车。阳光照下来，像是初夏午后的模样。树上的叶子都微微偏向左边，宛若有清风拂过。画上的内容仅此而已。下面贴着一张小纸条，上面写着画的标题和作者的姓名：

《群星之悲》

岛崎久雄

殁于一九六〇年

享年二十岁


高中时，我虽然不知道这张画为何叫作"群星之悲"，但读书时常常抬起眼来凝视它一会儿。

"好厉害……"有吉看着画，喃喃道。

虽然是油画，但作者的笔法如同精细而锐利的刀锋一样，将一片一片的叶子、一道一道的光线和一条一条的树木纹理都耐心而细致地勾勒出来。所以人们看到这张超过一百号①大小的油画时，都会被那浮现于画上的温暖而朦胧的光与风所震惊，诧异于作者究竟是从何处着手将它们烘托呈现出来的。有吉站起身走到画前，注视着纸条上的文字说：

"居然二十岁就死掉了吗……"

"那，这个人，画这幅画时是多大呢？"

有吉讲出了我初次看到这幅画时的疑惑。以前我也向那个看上去像是店主的人问过差不多同样的问题。那人茫然地微侧着头，向我解释说自己并不是老板。我后来才知道，原来楼下汉方药店的店主才是麝香的老板。

我啜饮着热咖啡，隔着临街的大窗子看外面的大雨。

---

① 日本的油画尺寸。一百号的人物画尺寸为1620×1300，风景画为1620×1120，海景画为1620×970，正方形画为1620×1620（单位均为毫米）。

想想自己的年龄，我又意识到了《群星之悲》的不凡。但是，为什么，这个睡在树荫下的少年会是"群星之悲"呢？有吉坐在那里，时不时扭过头去看那幅画。我正想问他这个问题，但有吉先开口了：

"这幅画，要是起个别的名字的话，也许就没什么特别的了。"

然后他从草间的花衬衫口袋里拿出那张叠成四折的一万日元纸币：

"来，做个了断吧。刚才没分出胜负呢。"

我说："一人一半不就好了吗。有吉和草间你俩每人五千。"

草间把他那还冒着热气的咖啡一口气喝了，让我这个十分怕烫的人吃了一惊。他说：

"我和有吉之间不存在'共有'。要么给我，要么就给他，'要么全都要，要么都不要'①。"

说着，他匆匆摸遍了衬衫和裤子的口袋。我拿出烟盒递给他，他笑着抽出一根来。

"把石子扔进牛奶瓶的可是我哦，而且一击即中。"

"那一下真是漂亮！世界上啊，偶尔就会有这种歪打正着的事。"

有吉单手搭在桌上，一直嘿嘿笑着。然后仿佛想起了

_____

① 原文为英文：All or Nothing.

什么，正色道：

"你在图书馆读什么书啊。课都翘了。"

"《安娜·卡列尼娜》。"

我答道，接着就把我泡图书馆的前因后果告诉了他们。虽然认识还不到一个小时，我已经蛮喜欢这两个人了。

"我喜欢兰波。偶尔就会读一读他的《地狱一季》。记不住单词的时候啊，还有对自己没信心、不知为什么就忐忑不安的时候啊，我都会去读一读这本书。这本书也超厉害啊。那就是用精神凝成的透明结晶啊。"

我惊讶地看着草间的侧脸。这人居然还有这样的一面。有吉带着些嘲笑的语气说：

"虽说草间长了这副德行，不过也有他敏感的一面呢。他这种人要是当了医生就好玩了。"

原来草间是想考医科的。

"不过啊，看他刚刚喝咖啡的模样，怎么都看不出是个敏感的人吧。"我插嘴说。

"不不，这种不讲究也是医生必备的素质嘛。"

有吉说完，接着压低声音说：

"告诉你，草间有个特技。他能像侠盗罗平或是怪人二十面相①那样旁若无人地偷东西。他能在自行车店的门

---

① 侠盗罗平是法国作家莫里斯·勒布朗笔下的人物；怪人二十面相是日本作家江户川乱步笔下的角色。

口，白天啊，大摇大摆地把车上的标牌扯下去，然后就那么把车骑回来。探囊取物一样。"

草间翻着眼看我，随后眯起一只眼睛。我笑了出来，想象着自行车店的老板发现自己在光天化日之下丢了一辆车之后发愣的表情，笑得越发停不下来了。

"你偷过多少辆啦？"

我问道。草间竖起了四根手指。

"不过呢，第二天我又都还给人家了。就一脸正气装作无辜的样子。"

"哇……"

"志水，你有什么想要的，就让草间给你偷来。不过呢，用完之后还要物归原主。这是规则。"

有吉话音刚落，我便当即答道：

"我想让你帮我偷那幅油画，还有图书馆的那个姑娘。"

"这可是大工程了。"

草间一脸严肃地苦苦思索。我和有吉仰面大笑。麝香只是家很小的店，只有一位年轻的店长和一位也算得上是美女却像能面①一样毫无表情的服务员。除了点单和送餐之外，他们一直待在屏风后的厨房里。所以没有其他客人的时候，可以一直悄悄坐着，坐到什么时候都没关系。

"模考怎么办？"草间问道。

————————

① 能乐的面具。

我倒是打算去参加，所以才从图书馆出来。不过见有吉似乎对考试没兴趣，便说：

"不去了。下周再去考算了，今天权当休息。"

雨也渐渐小了，我们站起身，准备边走边考虑接下来要去做什么。从麝香出来之前，我想去一下洗手间。这时草间把在图书馆门口捡到的那张一万日元纸币递给我，说：

"我们先出去了，就用这个结账吧。"

"别吧。这连我的份都请了。"

"哎哎，把石头扔进牛奶瓶的不是你嘛。这一下怎么也值他个一两杯咖啡了吧。"

草间说完，站着把杯里剩下的水喝了。

从洗手间出来，我喊站在入口处的服务生来买单。要找的钱很多，她从出纳机里点出了好几张一千日元的钞票。我等着她，无意间瞟了一眼旁边的墙壁。顿时，我的心脏猛地一跳，脖子后面也发起烫来。那幅画消失了。我佯装无事地接过找来的零钱，然后尽可能平静地缓缓走过去推开入口处的玻璃门，下楼梯时都不知道该迈哪条腿了。街上并没有有吉和草间的身影。我顾不上撑伞，沿着路匆匆忙忙地往北走，连地上的水洼都无心避开。走了没多远，就听到有吉喊我。他俩正站在离麝香二百米左右的一条小巷里。那幅装裱过的《群星之悲》就靠在一根贴满了广告纸的电线杆旁。

"喂，这东西好重啊。志水你一个人绝对搬不走。"

一时之间我不知道该怎么回答草间的话，只愣愣地站在那里。为保万全，草间连画下的那张纸都揭下带来了。我把它收在胸前的口袋里，想着得尽快离开这个地方，便双手抱起这幅一百号油画跑了起来。

"喂！喂！你这家伙要抱着这东西去哪儿？可疑之人休走！还不与我束手就擒！"[1]

有吉捡起我掉在地上的雨伞，一边作势追我一边喊道。我已经无暇回应他的玩笑了，好几次都差点摔倒。真是荒诞啊，我想。跟在我身后的草间和有吉眼泪都笑出来了，一副"没有比这更好笑的事了"的表情。跑着跑着，我也被他们感染了，在巷子间"之"字形地钻来钻去，也笑了出来。印象里我从没做过如此引人发笑的事情。我跑得气喘吁吁的，只好停下来，把画撂在地上，大声说：

"喂，你们谁来替我一下啊！我胳膊都麻了。"

"我们也没说让你一个人搬啊。是你自己要抱着它落荒而逃的。"有吉说。

草间则盯着我的脸，问道："志水，没事吧？你脸色不太好啊。"

这时我脑海里闪过的念头是，如果麝香的老板去报警怎么办。总之得尽快把这个显眼的东西藏在家里。有雨滴溅在了画上。雨眼看又要变大了。我家在大阪环状线的福

---

[1] 这里有吉是在模仿时代剧里的警察。

岛站附近，从大阪站坐车过去只要一站。家里在车站旁的商店街开了一家小文具店。

"打车的话，不是马上就能到了吗?"草间说。

有吉微微歪着头，漂亮的侧脸连身为同性的我都会看得入迷。他说:

"在这之前，还是搞点隐蔽工作比较好。"

"怎么隐蔽啊?"

"买点报纸、胶带来把它包上。要是就这么拿着，被雨淋了，画也会受损的。"

草间让我们两个等着，自己跑到街上去了。路边有乌冬面店、会计事务所和理发店之类。我和有吉站在街口，撑开伞遮住画。画框很重，是金色的。或许吧，我想着，或许这幅画的主人已经被吓蒙了，而且因为过于震惊而忘了报警，也说不定呢。那样的话，这幅画就归我了。随着呼吸渐渐平静，我的脸开始发热。《群星之悲》，有些落在画上的雨珠淌下来。我久久地注视着它。这时，我出现了一种错觉，仿佛自己已经知道了那位年仅二十岁的、在五年前死去的名叫岛崎久雄的画家是个怎样的人。似乎在很久以前，我和岛崎久雄曾是朋友，他的画作我全都喜欢。二十岁时，体弱的他患了重病。卧病中，他常常会梦见自己踩着自行车骑上高高的坡道。梦里，他畅快地流了不少汗，最后来到一棵很喜欢的大树旁。他停下车，敞开衣襟躺倒在树荫下。他每天都喜欢来这里小憩。不论季节如何变换，梦里总是初夏的光景，身体也总是充满活力，永远不会衰弱下去。他将如此伤感的幻想寄托在画里，而他自己则回到了宇宙之中。留下的这幅画作承载着他的遗志，终于辗转到了我的手上。他直接以所有一切的"死"作为这幅画的标题。群星之悲。

有吉默默地听完了我的想象，抬手拢了拢被雨濡湿而垂下的额发，说：

"也许画家的头脑里就只有'群星之悲'这个词而已吧。这家伙很喜欢这个词，一直想要画出跟这个词相契合的画作来。不过呢，他实在想不出该画什么好。于是这位岛崎久雄就把这个词和自己的幻想牵强地联系起来了。"

然而，这幅油画那极其高超的画技的深处又满溢着哀切与光辉。在它面前，我即兴讲的故事也好，有吉的推理也好，都无非是过于幼稚的误读罢了。

草间回来，说去文具店把东西买来了。买的是茶色的包装纸和胶带。大雨如注的街口，我们三个连伞都没撑，开始把这幅尺寸不小的画包裹起来。与淋着雨搬运一幅装裱过的画相比，这种行为无疑更加引人注目。

有几辆空车过去，不过我们为了保险起见，还是故意走到了一条更远的大街上，在那里拦下了一辆出租车。按照草间提议，我们打车到大阪站下车，然后穿过车站大厅一路走到大阪中央邮局，再在那里打另一辆车到环状线的福岛站。

"得注意隐蔽啊。"

草间对我耳语道。但我在想，如果画的主人真的报了警，我们就趁夜里悄悄把画放回到麝香的楼梯口好了。我转念又想，不管怎么样事情也不至于这么严重吧。于是也轻松了许多，话也渐多起来：

"我的心一直怦怦跳。高中时我就总在想，要是这幅画真的归我了该多好啊。"

我略带夸张地表达自己的喜悦之情。

"盯着看三天，准保会腻。"有吉一个人撑着伞，慢慢走着，说道。

"喂，志水，你别忘了啊。用完要还的。这条游戏规则绝对不能违反哦。"

"嗯，我知道。不过要怎么还啊？"

我答应着草间的话，心里在想，如果这真是一个游戏的话，那它的规则就该是：必须绞尽脑汁地想办法把画挂回到麝香店内原本的位置。

"要把这东西还回去，还是蛮需要技术的啊。"

草间低声说，然后用一只手搔了搔头，笑了出来。

走到商店街的时候，我看到和果子店老板的儿子穿着白色的工作服从店里出来，和我打招呼：

"是在学习吗？又是假装去学校然后跑去玩柏青哥吧。"

"啊……差不多吧。"

他是我的高中同学，和我报考的同一所大学，也落榜了。他父母劝他继承和果子店，于是他开始做学徒。

"那是什么？"

他看我和草间两个人搬着一个貌似很重的纸包，问道。

我头也不回地扬声答道："稀世名画。从美术馆偷来的。"

我家在这条短短的商业街的正中间，就是被夹在美容院和钟表店之间的那间小小的文具店——木结构的，足有二十多年了，所以店里光线很暗，怎么看都是那种不卖什么新品的、中小学生很少光顾的店面。我曾跟父亲讲，要不要去银行贷一点款，至少把店铺内部装修一下。不过他总说"过段时间、过段时间"，而完全没有行动的意思。

母亲坐在店里的圆凳上，正在看报。

"你拿什么回来了？"

"画。朋友送的。"

我向母亲介绍有吉和草间。我有朋友来的时候，母亲一定会先拉上店子与里屋之间的帘子，免得露出那褪色的榻榻米、破旧的家具还有关不严的推拉门来。但是，就算人家真的想回去、不断推辞，她也要强行把人拉到里屋，把切得很厚的、根本吃不完的羊羹或是蛋糕端给客人吃。这时她猛地把刚刚才慌慌张张拉上的帘子打开，对有吉和草间说：

"家里又脏又乱的。没什么讲究，请进吧。"

"既然要打开，一开始别拉上就好了。"

"话是这么说。可是乱七八糟的不好看嘛。今天一早开始就忙这忙那的，都没收拾屋子。"

母亲似乎是解释给那两人听的，接着进去厨房了。

"羊羹什么的不吃了。拿可乐、果汁之类的就行。"

我朝她说，然后把有吉和草间带到二楼我的房间去。楼梯很窄，把画搬上去很费了一番功夫。我的房间有六叠①大小，正对着街道，也就是在文具店的正上方，所以接待顾客一类的动静能直接传到我耳朵里。比如在早上这种时间，人就很难安眠。今年读高二的妹妹则住在临着后巷的那个四叠半大小的相对安静的房间。究竟谁该住在这个比较安静的房间里，我和妹妹也争执过。不过隔着商店街，和我家正对面的那个乌冬面店把自家的二楼当成员工宿舍用了。我妹妹最近发育得明显，住在二楼的那些店员有时会隔着窗子对她说些下流话，母亲担心起来，就要我妥协了。

"哇，到处是河啊。"

有吉进屋说。我房间的墙上贴着很多河流的照片。泰晤士河、塞纳河、恒河、亚马孙河，还有阿拉斯加草原上蜿蜒流淌的无名小河……书桌和书架，还有音乐播放机和一个大音箱，正委委屈屈地靠着对面的墙。美国常春藤盟校的三角旗啊，当红模特的泳装海报啊，还有我一直想去

---

① 1叠为1.6562平方米。

的北欧的地图什么的在天花板上拥拥簇簇地挤着。根本没有能挂这幅一百号油画的地方。

"真是博览群书啊。看看，这么多文库本咧。"

草间拍着没有收进书架、堆在桌边的文库本嚷嚷着。

"别碰别碰，你不知道怎么放的，一碰就要倒。这堆书要是倒了，能把书架震倒，墙也会被震下来。最后连带着地板都可能塌了。反正就是个危房。走路也轻点，坐下来时也尽量轻点哦。"

"那画挂在哪里？把这些照片拿下来吗？"说着，有吉便伸手去揭那些我从各个海报店里四处搜寻得来的河流照片。

"不行不行。这可是我的宝贝。说什么都不能揭下来。"我盘腿坐在榻榻米上，两只手扶着油画，大声说。

"这种照片有什么可宝贝的啊。和《群星之悲》比起来不就是废纸一样吗？总之就把画挂在这里，快把照片收拾起来吧。"

"嗯……说得也是。"

应该也没有其他办法了，我便听从有吉的提议，把五张很大的照片取了下来。我从抽屉里找到卡扣钉在墙上，撕开包装纸取出画，接着三个人合力把画挂了上去。然后我又从胸前的口袋里摸出写着标题和作者的那张纸条，用图钉固定在下面。

有人从楼梯往上跑，房间也跟着震动起来。家里也只有我妹妹加奈子还会在这段快塌了的楼梯上跑。妹妹刚进入自己的房间，似乎感觉到我这边有人，便隔着推拉门问：

"哥，你回来了？"

"嗯。过来一下，给你看个超厉害的东西。"

门只开了一条缝，她探头往我屋里看。发现我屋里有两个不认识的人，加奈子立刻换了副一本正经的表情："你们好。"

"喂，看这幅画，厉害吧。"

加奈子瞥了一眼画，一言不发地拉上门，回自己屋去了。

"这家伙怎么回事，都不跟哥哥的朋友好好打个招呼。我得再好好地教育教育她。"

我说道。

"我看啊，跟志水交朋友可是赚大了。居然有个那么可爱的妹妹，完全想不到嘛。"

草间咚咚地拍着有吉的后背，眉开眼笑的。

"门牙有点大呢，好像小兔子。"

有吉说话的声音有点大，我想加奈子肯定听到了。她最讨厌别人说她像兔子。过了一会儿，加奈子端着托盘进来，上面是几杯可乐。她脱掉了水手服，换上了蓝灰色的运动服和白色棉布长裤。我把有吉和草间介绍给她，加奈子端坐在榻榻米上，正式同他们打了招呼。看到她原本粉红的面颊变得通红，还特别换上了自己喜欢的常服，我不由得笑了出来。加奈子看我笑她，慌忙转头去看墙上的画。

"这画是怎么回事？"她问。

"我画的，"草间正色说，"我最近要开第一场个人画展，这就是其中一幅作品。足足画了一年。"

"……哦。"

加奈子一会儿看画，一会儿看看草间，来回比较着。有吉微笑着说：

"他骗你的。其实这是我的作品。虽然落榜了，我也不想学习，就不务正业每天画画。估计来年也考不上喽。"

加奈子盯了画下的纸条半晌，叫道：

"这么说，你俩马上就要死了吗？"

"不不，我要当医生的。我才不会死。"草间故作严肃地说。

"我也不死。虽然不知道以后会做什么，但肯定不会二十岁就死。"有吉也重新坐好，用滑稽的口气说道。

加奈子从小就有个毛病。本来没什么的时候，她会突然扭怩起来，好像马上要哭出来一样把头低下去。这时也是，不知为什么，她的脸一下就红了，然后逃也似的跑出了房间。

"是不是闹得有点过了？"

有吉有些担心地问。

"这家伙就是爱害羞。遇到点什么事，脸马上就红了。反正这个年纪的女孩都莫名其妙的。很讨厌，别理就好。"

有吉和草间又坐了一个小时左右，回去了。我把他们送到车站。回来的路上，我低头看着雨后的柏油路，这才意识到，我同这两个人相识还不足五个小时。

那之后的几天，我特别留意了报纸上的新闻，但并没看到有关于麝香咖啡馆油画被盗的报道。不过报纸没登也不代表对方没有报警。去图书馆时我故意选了其他的路线。有时是径直走御堂大道过淀屋桥，有时则是绕去樱桥出四桥大道、再沿着堂岛川走到中央图书馆。我终于知道了那句"罪犯必定会回到犯罪现场"到底有多灵验。因为我无数次想去佯装无辜地坐在麝香窗边的座位上，问："啊呀，那里挂着的画哪儿去了？"把这个冲动压下去很费了我一番精神，即便是坐在鸦雀无声的图书馆阅览室里，很多时候我也只是在无意识地翻动书页，都不知道自己在读的是哪本小说。

有吉和草间差不多一周来我家一次。我仍旧是把考试和学习抛诸脑后，继续埋头在小说里。不过他俩每天都会去上课，按自己的计划坚持学习。草间的用功程度尤其令我吃惊。他说，进入六月以后自己每天只睡四个小时，在努力攻克自己不擅长的科目。

"每天至少要睡六个小时吧。否则身体会垮的。"

"唔，等到夏天的时候再说嘛。我高中的时候玩橄榄球锻炼身体，就是为了这一年的冲刺呀。"

草间拍着自己结实的身体，昂首挺胸地说。他的父亲只是个小公司的科长，家里兄弟姐妹又多，所以没有充足的财力供他到私立大学读医科。

"等我上了大学，能约小加奈去看电影吗？得先过她哥哥这关啊……"

草间说着，睨了正嗤嗤笑着的有吉一眼，挠了挠头。我知道加奈子对有吉很是迷恋，不过我还是坐在我的旧转椅上，一边辘辘辘辘地转，一边说道：

"你这个绝世大盗别说这种示弱的话呀。不过是偷一只小兔子而已嘛，对草间你来说不是易如反掌吗？"

有吉趴在榻榻米上，喊我帮他揉腰。这已经是他第三次说了。

"还不够啊。你怎么像个老大爷似的。"

我骑在有吉的屁股上，两只手按住他的腰骨。他享受着按摩，伸手打开了收音机。

"加奈子到底哪里好啊。毕竟是我妹妹嘛，肯定有可爱的地方。但看她那副趾高气扬的样子，有时候我也真想揍她咧。"

"我可一点没觉得。我看到的就只有可爱和天真。一想到小加奈是在男女混校的高中念书我就心如刀绞啊。我说志水，要是有除了我之外的男人给小加奈打电话，你可绝对不能让她接哦！"

这时我突然想起了在图书馆遇到的那个大学生模样的

女孩。从那以后已经过去两个多月了，但我再也没有遇到过她。结果，我把那本她没读完的《复活》从书架上拿下来，自己读完了。草间托着腮，从窗边俯视着商业街，嘟囔着：

"小加奈绕去哪里了呀。都快五点了。"

然后跟着收音机里波萨诺瓦 ① 的节奏吹起口哨来。

"志水，你想躲在图书馆看书到什么时候啊。再不行动来年就考不上 S 大学了。"

听有吉这么说，我一拳捶在他背上，说：

"倒是先说说你要让我揉到什么时候啊。"

"这段时间腰总是特别酸。都已经持续一周了，完全不见好。"

有吉爬起来盘腿坐着，一会儿扭腰一会儿弯腰的，然后站起身来朝草间说，回去吧。这时加奈子也从学校回来了。她应该是看到了门口摆着的鞋子，知道有吉和草间来了，于是轻手轻脚地上楼，脚步声都显得非常文静。看到草间瞬间紧张的表情，我却在想加奈子——能见到有吉，她大概正脸红心跳呢。

加奈子拉开门，像往常一样打过招呼就回自己房间了。草间还想和她说说话，但有吉要回去，只好不情不愿地站起身来。

---

① 20世纪50年代末期兴起于拉美的一种音乐，后在美国和全球流行。

"哇，今天这么早回去？很少见哦。"

加奈子从自己房间探出头来，随口说道。不知为何，我突然为妹妹的恋慕感到难过，同时觉得草间的单相思特别可怜。我和草间下楼的时候，有吉说有东西忘在楼上了，回身去拿。我站在楼梯中间等他，无意中抬头，正看到同加奈子擦肩而过的有吉顺手把一张纸条塞到她手中。我假装没看到，下了楼，对有吉有了一种难以名状的憎恶。无论是从他那镇定自如、轻车熟路的动作，还是从来我家之前特意给加奈子准备了纸条这件事本身，都能看出有吉身上的那种自信。但在此之前，我妹妹不还只是个高二的学生吗？

晚上，我久久地注视着《群星之悲》。从商店街上传来各家店放下卷帘门的声音。此前，我也曾几次凝望这幅夭夭青年的遗作。但在我心里，那隐藏在草帽下的少年的脸从未像这天夜里一般清晰。加奈子洗过澡，穿着睡衣探头往我屋里看。她用手指摩擦着刷得干干净净的门牙，发出"吱吱"的声音。

"什么啊，别搞出那种恶心的怪声。"

"哥哥肯定没这么好好刷过牙。认真刷牙之后用手指摩擦就能发出这样的声音。否则牙齿是不会变白的哟。"

加奈子把头凑过来，又在我耳边擦起牙来。

"给我停。我最讨厌这种声音了。"

我看着妹妹洗完澡后的侧脸，分明还是热烈的心动尚未完全褪去的神色。想到这绝对是她有生以来的第一次，我的心底再次掀起了对有吉的厌恶之情。我想，这个教科书般的美男子，把我的妹妹当成玩具一样——我能对此无动于衷吗？我有点想问，有吉偷偷给她的纸条上到底写了怎样的甜言蜜语。不过想到妹妹素常都不到我房间来，今天反而没有走掉的意思，于是便没有问出口。

"你好像很喜欢这幅画啊。我更喜欢朦胧一点的呢。这么悲怆的画，看久了，心里也会很难过的。"

"嗯……你说悲怆吗？"

"悲怆。很可怜啊。这个人死在树下了吧？"

我颓然地转过椅子，背对着妹妹：

"你的智商也就这种程度了。行了，快回你屋去吧。"

"啊？这人不是死了吗？"

"笨蛋！"

加奈子抿起睡衣，探手进去挠着肚子，一会儿上前一会儿后退地盯着画看：

"我还是觉得，他画的是自己死时的样子啊。这个叫岛崎久雄的人。"

说完她就出去了。我拿出《考试必背英语单词集》放在笔记本上。按计划，到六月应该背到"E"开头的单词了，而现在"B"开头的词才背了一半。我把书放在那里，又从头修改了一遍学习计划。四月之后的这三个月算是白白浪费掉了，所以之后，每个科目的复习速度都要提高三成才可以。我顿时对小说和《群星之悲》都失却了兴趣，也不知道自己的想法接下去又会突然变成什么样。虽说之前也在剧本里读到过像"那些只按照自己心意去活的人，我是不愿同其交往的"这样的台词，但我自己无疑就是这种人。即便是在必须学习的时候，也还是不可救药地想读小说；读书读累了，又转而把心思放在英语单词和数学参考书上面——就是那种永远都想逃避固定任务的人，连"为努力而努力"都做不到。如果来年落榜，我就只能放弃考大学，不得不去某个小工厂里上班了吧。父亲还不到五十岁，没到退休的年纪，店里的生意也没好到非要我去帮忙不可的程度。我被那种周期性袭来的绝望感包围了，低头打开了大半纸页都被摸脏了的笔记本的最后一页。那里按顺序写着我从四月末开始在图书馆里面读过的书，从屠格涅夫的《猎人笔记》开始，一共是四十六部小说。其中有那些读来腻烦的长篇小说，也有普希金和莫里哀的短篇作品。

关上台灯，我透过窗户仰望着夜空。月亮圆着，星星也亮着。在城市的夜里，空气难得会有这种澄明感——仿佛是在一瞬间扩散开来的一样。我想起来，和果子店家的男孩念初中的时候非常热衷于观星，曾经在晾衣台上装过一架很贵的天文望远镜。我从窗户探出身，往斜对面的菊屋的二楼望去，看到他家的灯还亮着，便蹑足下了楼，踏上已经没入黑暗的、空荡荡的商业街。菊屋和旁边的鞋店之间有条狭窄的过道，菊屋的后门就开在这里。我按下那里的对讲门铃，刚巧，里面传出的是他的声音。

"是我。志水。"

"什么事？"

"喂，阿勇，你的天文望远镜是不是还在晾衣台上放着啊？"

阿勇穿着睡衣出现在了后门，有些不耐烦地问：

"天文望远镜？你要那个做什么？"

"抱歉抱歉，已经睡了吗？"

"开店的人很早就要起床啊。"

"你那个天文望远镜能不能借我一下？"

"收在库房里了。在很靠里面的地方，拿不出来哦。"

阿勇说着把我让进屋，又带我去里面的库房。

"今天的星星，很漂亮哦。"我说。

"星星每天都漂亮啊。"

阿勇一边在库房里找，一边不太乐意地答道。随后，他搬出了一个满是尘土的纸箱。它比我想象中的要大得多，也重得多。

"这东西很难组装吧，"我说，"一开始背单词，不知怎么就觉得很烦。想看看星星。毕竟你是这方面的专家嘛。"

"虽然由我自己说不太好啦，但关于星星的事，没有什么是我不知道的。人类能够看到的星星，全都在我这里。"

阿勇拍着胸脯说。他的眼镜总是戴得有点歪，后面的那双三白眼永远在不停地眨，而只有这一刻，他的目光显得特别有神。我缠着他帮忙组装天文望远镜，又求他让我到晾衣台上去观星。

"你这家伙。都快十二点了啊。"

他嘴上这么说着，但还是组装好了望远镜，把手也搞脏了。我们两个人抬着这架巨大的望远镜爬上了晾衣台。

"我也好久没有看星星了啊。"

阿勇喃喃地说，又跟我讨烟抽。他嘴里叼着烟往目镜里看，调好焦距后把位置让给了我。

"位于视野正中央的就是天蝎座。它下面是武仙座。它们都是夏季的星座。现在正是它们该升起的时候，今天能看得特别清楚。"

"嗯？季节不同，天上的星座也会变吗？"

"当然咯。宇宙是会动的呀。随着一种美妙的节奏，无止息地变动。"

阿勇转动望远镜，把焦点对准了别的星座。这一夜，是我人生中第一次，仿若触手可及一般，观看那清冷而澄净的宇宙的光辉。

"那个，是天鹅座。别名叫北十字星。从那儿开始，看这里，像一层薄膜的，流动着的，就是天河了。隔着这条河，天鹰座和天琴座正遥遥相对着呢。"

我盯着观星镜看。阿勇见我怎么都找不到他说的星座方位，便把头凑过来，有些急躁地戳了戳我的脑袋，快速又热情地继续解说着。天琴座的 α 星 Vega，叫作织女。天鹰座的 α 星 Altair，也叫牛郎。每年的七月七日，他们会跨过银河相见。目镜里映出的煌煌众星有着各自的寿命和光度。当然，还有那些散落在无尽远方的群星和星云，无论用多么强大的望远镜都无法分辨出它们的数量和规模。

我忘记了时间。抱着望远镜，不愿放开。

"它们，都很寂寞啊。"我从心底这样想着，喃喃地说。

"嗯。是很寂寞的。"

阿勇也低声说，之后就没再说话了。我离开望远镜，扶着晾衣台的栏杆，注视着阿勇教我辨认的天鹅座一带。我一面按照那个巨大的十字想象着鸟的形状，一面想到了在这个微眇的地球的一个小小角落里做点心的阿勇，一面又想到此时大概正幸福地安眠着的妹妹。我又想起了在那座新文艺复兴式的图书馆的陈年书架上，那无数沉睡着的、我尚未读过的小说，一本又一本。我觉得，它们和那些潜藏在我视野未及之处的、闪耀的群星，其实是同一种事物。

漫长的梅雨过去了。已经快到八月中旬了，有吉的腰酸还没有好起来。这是那天闲逛到图书馆散心的草间告诉我的。

"他说腰很难受，已经不能专注学习了，就回家去了。"

"我也运动不足嘛，有时候后背和腰也会很酸痛。那家伙也是，这阵子太用功了，所以累坏了吧。"

草间和我到图书馆二楼的食堂里吃了笊篱荞麦面。草间打了好几个哈欠，用拇指揉着太阳穴，双眼惺忪地说：

"啊——给我两三天的时间就好了，让我去海里游个痛快，再好好睡一觉。"

然后嘴里嚼着荞麦面，用手里的筷子在我眼前写着什么字，又说：

"不行啊。就算两三天也不行。休息两三天就会想休息十天，然后就想要一个月，最后一整年都荒废了。"

他说的不就是现在的我吗。于是我想换个话题，就问他在比画什么字。草间一脸不可理喻的表情，说：

"加奈子。写的是加奈子啊。"

"你就那么喜欢我妹妹啊？"

"嗯。有吉听了也很吃惊。"

"加奈子到底哪里好了？"

"我可是有先见之明的。虽然现在还是一副可爱小兔子的模样，但再长大些，小加奈肯定会出落得特别漂亮。而且她性格也软软的。我也说不清，总觉得她身上有那种软糯的感觉。我特别喜欢这一点。可能是她天生的吧。"

"是吗……"

了解到草间的心情，我回想起给加奈子写过情书的有吉的冷淡，又生起气来了。我拿起筷子搅着打在汤汁里但又完全不会相溶的鹌鹑蛋。食堂人很多。木桌沁着那种经年的面汁味。

"哎，草间，来年你能考上K大学的医学部吗？"

草间听了，摸了摸他那三七分的硬硬的头发，说：

"有吉应该是没问题的，我就有点危险喽。这回模考，有吉那家伙的分数在我们补习学校的医学班里排第二。我排第十九，从概率上说，我考上的概率是百分之六十二。按这次成绩来说的话，有吉就直接考进去了。他高中三年就没排到过第五名以后。上次好像就是数学有一道题稍微看错了一点。考试就是真刀真枪的呀，丢了个十来分，小命就没有了。"

我几乎没怎么去过补习学校，所以不知道有吉的成绩居然这么好。

"他不是跟加奈子说还不知道以后想做什么吗？"

"他总是那么说。其实初中时就以医生为目标了。"

"又是帅哥又是才子……啊，我特别不擅长和这种人打交道。慢慢对有吉有敌意了。"

"确实有这种超人的一面啦。不过他还是很有人情味的。"

草间带着一副"这东西好难吃"的表情，把蘸面用的汤汁喝干了，又面露微笑。这里的食堂是自选式的，结款台那边排了很长的队伍。我突然发现，之前那个大学生模样的女孩也排在队伍里，急忙对草间小声说：

"就是那个人，就是她。那个穿淡蓝色无袖上衣的。"

草间好像还记得我之前的话，一边吸着烟，一边时不时扭过头去看她。见她正端着荞麦面站在那里找座位，草间便冲她挥手，大声喊道："这边这边！"她怀疑地盯着草间，没办法，我也只好朝她挥了挥手。从我第一次来图书馆那天之后，我们就没有再见过，但她似乎还对我有点印象，走过来含糊地点了点头。

"请坐，请坐，没位子的话可以坐这里。"草间说。

但她找到一个离我们很远的空位子，到那边坐下了。那姑娘背对着我们，吃了大约半盘面，就头也不回地起身走了。

"都没回个头。"我嘟囔道。

草间摸着自己嘴边的痘痘，说：

"不过，那个背影就很说明问题了……'考上大学以后再说吧。'"

"她知道我是复读生？"

"看脸就知道了。"

草间也回去了，丢下我一个人在这个大而拥挤的图书馆里。我在角落的一段窄楼梯上驻足，隔着一扇关着的小窗看外面的鸽子。脖子后面出了些汗疹，被运动衫的衣领摩擦着，很痛。最早，我是因为想读书而来图书馆的，结果对那个姑娘一见钟情，私心想着万一侥幸能得手呢，就一直到图书馆来。然后真的耽溺在俄国文学和法国文学之中不可自拔，也不去学校，到现在八月都快过完了。看来我不光是全然没有计划性，同时也缺乏那种沉迷于情感的纯粹性。每天晚上都要修改学习计划，但从来不会去实行；虽然读了那么多虚构的故事、遇见了那么多虚构的人物，但也完全没有想过去亲手创作一篇小说。这个夏天，我既没有去海边，也没有去装了空调的电影院，只是坐在图书馆的角落里读完了菲利普①的《蒙帕纳斯的布布》和司汤达的《帕尔马修道院》。天气的暑热和内心的不安，把我读书的速度都拖慢了下来。

到了九月，我渐渐从读书中感受到了某种欢愉与充实。也就是在这个时候，我听说有吉因腰病住院了。草间在电话里说了个难记的病名，好像是腰部中间的神经方面的疾病。我在商店的食品专柜那里来回转了半晌，最后只好买了个蜜瓜，带去探望有吉。等到我匆匆赶到和草间约好碰头的地方，结果看到草间也抱着一个装蜜瓜的纸箱在那里等。

"要不是这种场合，哪有机会把这种奢侈的水果吃到饱啊。"草间说。

我们顶着炎热的太阳，从樱桥到出入桥，在十字路口往左转，往堂岛川方向走十五分钟左右，就看到坐落在河边的大学附属医院了。背阴处凉飕飕的，但直射的阳光仍是夏天的温度，草间穿着深灰色网球衫，后背都被汗水浸

---

① 法国作家夏尔·路易·菲利普（1874—1909）。

成黑色了。病房是六人间，有吉在最里面的床位，能看到河，也能望见那条通向淀屋桥的商务街上的繁华。

"老爸说，生病的时候就不要费神。说再复读一年也无所谓，叫我完全不要学习。之前他还说要是明年落榜了就要我去家里的运输公司帮忙呢。真是一百八十度大转变。"

有吉床边的台子上堆着十几本参考书，他用脚轻轻推了推：

"拜这个腰病所赐，又要浪费一年了。来年保个底，志愿里把 S 大学医学部也加上。"说完又笑了。

"不用学习也能考上 S 大学吧。按你的实力百分之百能合格。"

我觉得自己也应该跟着草间说几句安慰的话，便开口道：

"对于一个优秀的医生来说，有些生病体验肯定是更好的。这样就能很好地理解病人的感受了。"

说完，又询问他的症状到底如何。有吉侧过身子，按着腰部正中间的位置，说，感觉这里好像塞着一个铁球一样。

"听说好像是一种神经痛，不过要是不好好治疗的话，一生都难以根除了。"

然后他一边整理已经长长的、蓬乱的头发，一边兴奋地小声说：

"我说，医生真是帅啊。不管是在患者面前还是护士面前，都有绝对的优势呀。这真是最好的职业。不过，医生的体力劳动也多得超乎想象，不好好锻炼身体可不行啊。"

我从医院出来，同草间作别。草间要学习，而我必须回去继续读加缪的小说。临别时，草间一脸不可思议地问我：

"你到底是为什么非要那么执着地读书啊？"

我不想回答，只是苦笑着朝他挥挥手，然后步履沉重地顺着河边的小路回去了。

九月末和十月中旬，我和草间又去看望过有吉。听说他由于药物的副作用一直在拉肚子，不过样子倒是没什么变化。然而，当我十一月十日独自去看他的时候，我发现有吉的病情确实非同寻常。差不多是十天前，他转到了最里面的单人病房。只隔了一个来月，有吉已经彻底变了：脸小了两圈，膝盖以下全都浮肿了；单薄的胸膛下面，肚子胀得很大。隔着厚厚的被子也能看出他身体的异常。他母亲在守着，见我进来，就说要去小卖部买点东西，出去了。我不知道该说什么，心神不宁地坐在椅子上，想找个机会尽快离开。已是初冬了，黄昏渐渐笼罩下来。有吉仰面躺着，头朝着窗户的方向，也没和我说话，只是一直盯着那迟迟的暮色看。我正绞尽脑汁地想着该说些什么的时候，就听有吉用很难听清的声音说道：

"昨天，草间来过了。"

他仍旧没有转过脸。

"我总感觉，自己不管怎么做，都赢不过那家伙。原来还真是这样啊。"

"草间那家伙喜欢我妹妹。但我妹妹喜欢你。"

"我……真是个一文不值的人啊。"

我吃了一惊，看着他下颌线一带的阴影。

"为什么要这么说？"

有吉没有回答，只是深深叹了一口气。我猜，他一直盯着窗外看，可能是不愿意让我看到他的脸。我站起来，在门边的小镜子里看见了自己的身影。我想向某个神明祈祷。有吉说自己一文不值的时候，有一股强烈的恐怖和忧愁向我袭来，似乎有什么东西正在暮色的那一边召唤着我。若要战胜那种无法逃离的、决定性的绝望，能做的就只剩下祈祷了。有吉似乎以为我站起身是想要回去，终于转过脸来，说：

"再见啦。"

我还神不守舍地站在那里。有吉又重复道：

"再见啦。"

说完，他笑了。

二十天后，十一月三十日的拂晓时分，有吉死了。他死以后，我和草间才知道有吉患的是肠癌，而且错过了治疗的时机。直到他去世，他的父母都没有把他患癌的真相告知任何人。

我觉得，在死去之前不知道自己在迈向死亡的人，是不存在的。否则的话，人实在没有死去的必要。人类就是为了体悟这件事，才走向死亡的。有吉死后，我连书都不读了，只是不断地在思索这件事。但我们又是为什么必须要去体悟它呢？我想不明白。而且只要想到这里，不知为何，我就会想要向某个神明祈祷。

有吉死后，我和草间也疏远了。因为，草间更加努力地投身在紧张的学习之中，而我则被某种新的热情驱使，愈发沉溺在小说里。这种新的热情，就是想要了解过去那些已经不在人世的众多作家在活着的时候到底想要写下些什么。死人自然是不会写小说的，所以我的搜寻近乎是一场愚蠢的游戏。但它其实是有吉的死给我留下的后遗症。不久之后我就摆脱了它，不再把所有书里的故事都和"死"联系起来看待了。因为，虽然一切都需要用"死"来证明，但"死"并不会成为任何一个故事的全部。

这天早上很冷，我被草间打来的电话吵醒了。

"报纸上登了那幅画的事哦。"他说。

我来不及挂掉电话，转身下楼跑到餐厅里，一把夺下父亲正在看的报纸，又跑上了二楼。我在家里订阅的报纸上找了半天也没看到相关的新闻，就去问草间他看的报纸是哪个，问完就挂掉了电话。我穿上衣服，外面披了件防寒外套，骑上自行车到车站买了那张报纸。那条新闻并不十分起眼，只是一个小专栏，标题是"消失的梦幻名画"。

我又买了其他两三种报纸，但刊登这条消息的只有草间说的那张。我把报纸塞进外套口袋里，急匆匆地蹬着自行车一路飞驰回家，进自己屋里重新看了一遍这则报道。这件事没被当成案件，而是作为一条无足轻重的街巷趣闻刊载的，所以只是介绍了某天不知道被谁带走的那张一百号油画的来历，后面又简单附上了对失主的采访。我们从麝香偷走画以后，已经过了八个月了，完全没想到这时候还会登上报纸。

报上说，这位叫作岛崎久雄的青年自幼患有肾病，抗病多年而终于早夭。他留下了不少素描和钢笔画，但大尺寸的油画只有被盗的《群星之悲》这一幅。麝香的老板，就是高冈汉方药店的老板，是他的远亲，所以画就一直挂在咖啡店里展示。老板说，虽然他不懂画，但有不少客人对这幅画很痴迷，所以一定要想办法把它找回来。

我看完，给草间打电话过去。

"用完之后必须物归原主，这是游戏规则，我说过的吧。就是因为志水一直没还，才会变成这样的。"

草间不紧不慢地说道。这件事终归没有闹到警察那里，所以我也没有十分慌张，不过觉得也是时候了，就对他说：

"拜托，帮我把画还回去吧。"

"我自己去？别说蠢话了。报纸刚报道就鬼鬼祟祟地行动是特别危险的。过段时间再说比较好哦。"

"把画挂回到咖啡店原来的墙上，就连草间你也做不到吗？"

"去做的话，倒也不是做不到。不过我的搭档死了啊……"

电话里传来草间的笑声。我们便搁下这个话题，聊起了各自的近况。

"已经累到不行了啊。"草间说。

"现在正是最辛苦的时候嘛。马上就熬出头了。"

说着说着，我突然伤感起来，瞬间眼眶湿润了：

"你一定要考上 K 大学医学部！要成为能战胜癌症的医生啊。"

之后的两三天我都难以平静。我尽可能地远离那幅《群星之悲》。但是这样一来，就算我想尽早把画还给失主也还是无计可施。我打定主意，给加奈子看了报纸。她看完之后，面无表情地在画和我之间轮流看了一会儿，接着"呀"地发出了怪叫，努力把脸埋进双手之间。

"怎么办啊！你们居然做了这么荒唐的事！我什么都不知道！不知道、不知道、什——么都不知道！"

加奈子要跑出去，我抓住她的袖子，哀求般地说：

"别那么不讲情面嘛，和我谈谈嘛。而且也不是我偷的。是草间和有吉干的。"

"不要。我才不要和你谈。我可不想被卷到这种麻烦里面。"

我保证决不给她添麻烦，又答应之后的三个月每个月从自己的零花钱里拿出两千日元给她，并一再向她恳求，希望她能在还画的时候来帮忙。

"还？怎么还？"

"趁着清早的时候，悄悄把画放在麝香的店门口。咱们用自行车载着画，早上五点钟左右出发，就算是慢慢地走路，六点之前也能到了。把画一放下，咱们就赶紧骑上车逃回来。现在是冬天，早上六点街上还没什么人呢。"

"哥哥你自己去也行啊，我绝对不去！"

"我一个人搬不动这么大的东西呀。你帮我把画绑在车子后架上，然后扶着别让它掉下来就行了。"

"路上要是遇到警察怎么办？"

加奈子提议说，与其在清早掩人耳目地行动，还不如在白天佯作无事地把画放在汉方药店旁边更安全些。听她这么说，我觉得倒也有道理，不过我还是觉得选在人们还没起床的大清早，趁着天还没亮秘密地放回去更好。加奈子低头看着脚下，说，不公平，两千日元只给三个月，太少了。

"我想要五个月呢。"

"四个月，成交。"

"什么时候去还？"

"明早。"

"真讨厌。五点就要起。又困，又冷，又黑……"

妹妹帮我把挂在墙上的画取了下来，斜靠在榻榻米上。

之后，我给她讲起了八个月前的那个雨天，我在图书馆旁边的旧石桥上第一次同草间与有吉聊天的事。

"到现在，只过了八个月啊。"

说完，我想到了这段时间里我读过的那些小说，想到它们的"去向"——悲剧或喜剧、善或恶、爱恋或肉欲、心理或行动——它们散去了所有的阴翳，潜进了我的心里。我似乎一无所获，但又宛如有一种层叠的透明光晕，紧紧地卷缚住了我的灵魂。

"我，一次都没有去探望过有吉。我听说是腰的问题，以为很快就会痊愈了。"

加奈子侧身坐在榻榻米上，出神地看着画，说道。

"是啊。你真是个薄情的人。明明很喜欢有吉的。"

"但是，有吉对我完全没有那个意思啊。"

"别骗人了。我看到了哦，有吉给你传过情书。"

加奈子面带诧异地转头看着我，琢磨着我话里的意思。然后仿佛猜到了什么，有点害羞地笑了。

"是了是了，有吉曾经塞给我一个纸条。上面写的是，'草间很喜欢加奈''好像是认真的'。"

"啊？……只有这些？"

"是啊，只有这个。我很失落的。我猜一定是草间拜托他写的。"

我们对有吉的共同回忆也只有这些了。加奈子回房间去之后，我找来一些旧报纸，开始包画。我用干毛巾擦拭了画框，然后注视着这幅再也不会回到我手中的《群星之悲》。和平时不同的是，它在发光。在日光灯下，画中的叶子呈现出如同被水濡湿一般的颜色，初夏的阳光也变成了盛夏的样子，很耀眼。我仿佛听到了从什么地方传来的蝉鸣。我想，此前加奈子的解释恐怕才是最正确的。她说画里盖着草帽在树下打盹的青年死了。说画的作者就是在描绘自己死时的样子。如果真的是这样，那么对于这幅画来说，最为适切的标题就只有"群星之悲"了。除此无他。我想让有吉躺在那棵枝叶繁茂的树下，再用草帽遮住他那俊美非凡的遗容。

第二天早上，我四点半就醒了。虽然设了闹钟，但还是自动醒了。我套上两件毛衣，又裹上了围巾，蹑足走进加奈子的房间，隔着被子拍她的肩膀。加奈子奶声奶气地翻了个身继续睡。虽然昨晚已经约好了，但她完全没有起床的意思。我扯着妹妹的脸又掐又拍，反复小声念叨着：

"两千，四个月。两千，四个月。"

要把一百号大小的画绑在自行车那小小的后架上确实太难了，足足用了将近三十分钟，所以我们出发得要比计划晚，已经五点多了。加奈子和我一样套着两件毛衣，外面披着大衣，围着长长的毛绒围巾。晨曦初现，但仍能看到很多星星。分送牛奶的轻型卡车已经完成了工作，正往回开。上次看着天色渐亮，已经是很久之前的事了。

“喂，直着走哦。你要好好扶着画，别让它掉了。”

“我还没睡醒呢……哥哥，今天，好冷啊……”

“嗯……是冷。”

有五只狗从巷子里一齐跑出来。妹妹见了，立刻顺着商业街往家的方向飞跑。那些狗在我周围转了一会儿就不知道跑去哪里了。我推着自行车，边走边朝妹妹招手，但她躲在菊屋的屋檐下就是不出来。我气得急了，捡起脚边的空饮料罐朝她砸过去。

“那种狗有什么可怕的？”

“五只都追过来了啊。”

“五只又怎么了？有吉是得癌死的啊。又聪明，又帅，十九岁就死了啊。”

“你这么大声说话，一会儿警察要来了。”

“警察这会儿肯定也在睡觉呢。”

幸运的是，我们沿着国道从樱桥走到梅田新道，一路都没被注意到。我一边在无人的小巷子里推着车往前走，一边想起了有吉说过的话。他说自己“一文不值”。那时候他一定有了死亡的预感。人就是会在一瞬之间变化的，我想。自从有吉生病住院，我只看过他四回。我对此感到懊悔，但又似乎已经为他做了些什么。那幅画不过是画了一个青年躺在大树下而已。但这时我觉得，自己已经完全明白了为什么它的名字会是“群星之悲”。

“好远啊。怎么还没到呀？我今天绝对会被冻伤。”

加奈子颤声说道。我的脚趾也很痛，如果说话，声音一定也是颤抖的。等到望见了麝香的招牌，我停下车，把后车架上的画搬了下来。画用旧报纸包了很多层。我往附近看了看，见四下无人，便双手抱起画飞奔过去，把它放在麝香的台阶口，然后全速跑了回来。我让加奈子坐在车后架上，用尽全力蹬着车子。到达梅田新道的十字路口之前，我只顾骑车，头都没有回一次。到这里后我终于放下心来，便放松了蹬车的力气。加奈子也恢复了体力，用脸紧贴着我的后背。

"哥哥，这阵子爸爸很担心你哦。说，这小子到底有没有好好去补习学校啊。"

"晚上我有好好学习啊……不过一直没去学校。"

"啊？那你白天做什么？"

"在图书馆看书啊。读俄国文学和法国文学。我已经读了一百多本小说了哦。"

由于太过奋力地蹬车，我已经气喘吁吁，有一阵甚至说不出话来了。我故意在空落落的、结冰的柏油路上左扭一下、右扭一下地骑着车，想起明年的考试，心里沉沉的，但转念想到自己刚刚顺利地把画还了回去，我又开心了起来。

街上渐渐有了人气。不知为什么，我觉得自己还能在什么地方同有吉再见面。我发现天已经亮了，这时，我心里突然浮现出有吉最后的笑容。带着这样的感念，我又想起他那时说的话来——有吉笑着说"再见啦"。所以我想着，那个早夭的画家在《群星之悲》中想画而未能画出的东西，还有我读过的那一百多部小说里的欲说而未能尽说之处，在那个瞬间，我也许已经略略地窥见了它们。

## 卖西瓜的卡车

吃过午饭，大家吸了一支烟，都去楼前的广场上，在阳光下玩抛接球或打羽毛球。我则去地下那个面向职员开设的咖啡馆里喝咖啡。

高中毕业后我就来市政厅工作了，然后养成了一天喝三次咖啡的习惯。我用自己的第一笔月薪买了咖啡机，早上一定要喝一两杯再出门。到了中午休息的时候，就来这个地下咖啡馆里一口一口地喝一杯味道并不怎么样的咖啡——他家的咖啡酸味很浓，在嘴里的余味经久难消。下班以后，如果骑车回家，我就会到自家附近的那个名叫"LAMP"的小咖啡专营店去。就本心而言，我最想喝的还是"LAMP"的这杯傍晚的咖啡。虽说量小，但它的味道浓郁而醇正，会让人在喝完后的一个小时里消散了所有的食欲。我喜欢坐在"LAMP"最里面的位子上，隔着小窗子眺望外面家家户户的屋顶。其实那排住家的风景随处可见，十分寻常，但它们足以给结束一天工作的我带来一种心灵上的宁静和幸福。我会将自己沉浸在那短短的一刻安宁之中，试着去回想记忆中的几处海边的光景——虽然这感觉转瞬间便会逝去。我就在窗外的这条街上出生长大，多年来，已经看厌了它。那些房屋有时在雨中被淋湿，有时则是被夕阳照着，而当我深吸一口香烟，再把咖啡端到唇边的时候，却觉得在它们的深处会浮现出海风、激浪，还有群青色的大海。我会打开手账，考虑自己可以请上三天假，加上周六周日就是五天，利用这段时间去很北的北方看海。然后盘算着日程，度过剩下的时间。

我没上大学，高中毕业就决心当公务员了。因为我希望用自己的钱去自由地旅行。最初是住在附近的表兄如此提议的。后来我去和父亲谈了一下，他无精打采地表示赞同，说：

"现在的这个时代啊，说不定在市政厅工作、踏踏实实地生活反而比较明智吧。"

我哥哥经历了两次落榜，不久前才考上了国立大学的工学部。爸妈总算松了一口气，就没有强行要求我考大学。市政厅的录取考试是在秋天。父亲似乎事前去拜托过相熟的市议员，不过他没有告诉我。也不知道托关系到底起了多大的作用，总之我是被录取了。于是我也只得彻彻底底抛却那一点点残留在心底的对大学的憧憬。因为报名的人有很多，成绩不佳的我能够合格，还是很幸运的。

我喜欢到海边旅行，喜欢一个人换乘不同的电车，穿越田园、荒野和山谷，朝着大海飞奔过去的感觉。还有，在广阔的大海突然出现在我眼前的那个瞬间，我的心中会涌起一股难以想象的勇气。也只有这个时候，我才能够体会到生之幸福。无论是读小学时，还是初中、高中的时候，老师对我的评价都是：一个温和而不起眼的学生。每次的家长座谈会也是一样，搜肠刮肚寻找话题的老师一定会对我母亲说："不管是玩还是学，都希望他能更积极一点。"即便用词会有些不同，但从这种大同小异的委婉表达之中就能大致看出老师们对我这样的学生并不抱有什么兴趣。记事以来，我一直生活在这座城市的一隅，在这个杂乱街道的角落里长成了一个"可有可无"的平凡人。不过，没有人懂得当我背上帆布包抵达海边的时候，我的心中感受到的欢愉有多么强烈；也没人知道那一刻我沉醉在何等甘美的、天马行空的幻想里，让那种活下去的勇气在胸中激荡。如今的自己每天在市政厅的保险年金科的桌旁从上班坐到下班，甚至可以说，我工作的目的完全是为了能够每年请上两三次假，去海边的村镇旅行。

　　我从衬衫的口袋里拿出一支烟，正要叼在嘴上，就听到有人说：

　　"土屋，这个位子能坐吗？"

　　抬头一看，是科里的同事植草和筱崎。植草的小眼睛里闪过一丝锐利的光芒，说道：

“土屋也是公务员啦，总是要遵守法律的嘛。请不要在单位里抽烟哦。”

说着，就在我这张四人桌边坐了下来。

“嗯？土屋还没成年呢？”

筱崎从制服里掏出妆盒和口红，对镜抿着双唇。

“土屋到明年二月十五号以后才能吸烟呢。”

植草居然能准确说出我的生日，这让我有些吃惊，我没作声，把没点的烟放回胸前的口袋里。这是我第三次因为抽烟被植草提醒了。

“市长要求制作明年参加成人式的职员名单。我们科只有土屋一个人。”

市里主办的成人式不管搞什么噱头都反响平平，参加的人数逐年减少，所以领导就要求至少当年成人的市政职员全员出席。我想起来这件事还写在了月通告上。不过我完全不想去参加这东西，因为我计划在一月十五日举办成人式的时候去旅行，从舞鹤到丹后半岛。高中二年级的夏天，我曾和朋友两个人去若狭旅行。我们从大阪站出发乘北陆线到敦贺，再换乘小滨线到日向湖住了一晚。因为回程坐的是舞鹤线，就顺路去了东舞鹤。夏日已逝，当我踏上那个冷清的车站时，一下就迷恋上了舞鹤的那种海边城市独有的孤寂感。站前路上并排着几家卖礼品的商店，看不到一个人。倾斜的广告牌晒在阳光里，被海上吹来的风晃着，发出咔嗒咔嗒的声音。那时我想，等到工作了，能够自由花钱的时候，我要再来这个车站看看，而且要在下雪的深冬来。我要一个人从东舞鹤的这个破败的车站出发，朝日本海的方向走。

我本想和他们讲明年自己不能去参加成人式，不过最后还是没说出口。植草这个人身上总有些紧绷的感觉，比如吸烟这件事，再比如把周末或节假日连起来休年假这种事，他要么会义正词严地批评，要么就是说些挖苦讽刺的话。按筱崎的说法就是：

"那个人啊，我看他更适合在哪个私营店当个小老板什么的。"

实际上植草老是吹毛求疵地对下属发号施令。在市政厅工作的人相互都很漠然，除了工作以外简直万事不问。毕竟，在这样的单位里，只要你能按部就班地完成每天的工作，那么一辈子都不会丢掉饭碗，而且完全可以提前知道自己五六十年后的工资金额和奖金的算法。不仅如此，连退休后的养老金数额也能算出来。所以，一个人到死的那一天总共能够得到多少收入，在入职的当天就能算出一个大致准确的数字。植草从私立大学毕业后进入市政厅工作，据说他在参加选拔考试之前就算出了自己五十五岁退休之前的收入，还考虑到了物价上升和加薪的幅度。这样一来，只要不发生类似战争这种非常的事态，就可以大致知晓自己一辈子到底能赚到多少钱。毕竟天花板就在那里，即便能够顺利升职，也提升不了太多的收入。因此植草决定"普普通通地上班"就好了。被一个决意"普通地活着"的三十岁上下的人提醒"二十岁成年之前不能吸烟",我也觉得合情合理。所以不管植草说什么我都不想和他顶嘴。

植草穿着一件藏蓝色厚夹克,里面是一件深茶色的毛衣。他用手指捏着毛衣胸口的位置,说道:

"土屋,你能用两千日元买来一件和这个一样的毛衣吗?"

然后把腿上的小纸袋搁在了桌子上,里面好像还放着个空便当盒。植草得意地笑着,又从里面拿出来一件毛衣,在我面前展开。筱崎从旁边伸过手来摸了摸毛衣的袖口,问:

"呀,这毛衣不错啊。是新品?"

植草看着筱崎,眼神中满是骄傲,故意皱着眉头说道:

"一件才要一千唎。早上国道那边在卖的。"

这个人为什么会因为用一千元买来一件毛衣而那么得意啊。我用轻蔑的目光久久地望着他的额头——由于头发很多,他的额头显得特别窄。植草对上了我的视线,说:

"喂,一副羡慕的表情哦。"

我看了看手表,还有十分钟就一点了。我把自己那杯咖啡的钱放在被水沾湿的小票上,准备站起身。

"一千很便宜呀。要不要给我老公也买两三件呢?"

"那辆卡车上堆得满满的呢。卖衣服的说公司倒闭了,就把衣服当作薪水抵给他们，所以一律千元一件处理掉。"

"在国道哪边？"

"去宝塚方向的那个十字路口，再往南走一点就到了。那个叫'清龙园'的烤肉店，旁边不是有块空地吗？他们就把卡车停在那里卖东西。"

我正要离开，听了他的话又坐回去了。我试探地问：

"卡车？是那种很大的自卸货车吗？"

植草露出"你怎么知道"的表情答道：

"是啊。就是那种运石子的脏兮兮的自卸卡车。"

"虽然他们说是用来抵工资的，但也有可能是从什么地方偷来的吧。不管怎么说都太便宜了嘛。"

筱崎把毛衣凑到鼻子前闻了闻，又拽了拽毛衣的领口。而我在想的是，一定是那个人又来了。我又抬手看了看表。骑车到卡车所在的那个国道旁的空地大概要花上五六分钟。骑得再快，估计也不能在一点之前赶回来。虽说比规定的时间晚十分钟左右回到工位，别人也不会有什么意见，但估计下午就要在这位植草先生那饱含指责的、多管闲事的目光中开始工作了——光想想就够难受的。不过我还是决定去。因为要是等到下班再去，那个人或许就不在了。如果今天不能见到他，那我可能永远都无法摆脱三年前的那个夏日的傍晚，关于那张被风吹走的一万日元钞票的记忆了。我三步并两步地跑上楼梯，从正在等待市政厅开始下午办公的那群市民中间挤过去，出了正门。我的自行车放在职工停车场的最里面，我骑上车，沿着国道往南奔去。

这天的阳光比往日都要热烈，但冬天的风还是很冷。我提心吊胆地注意着从后方飞驰过来的大卡车，不时腾出一只手来交替着捂捂耳朵，然后继续靠着路边骑行。在那个很大的十字路口向左拐就是往宝塚的方向。拐弯之后风向也变了，我觉得更加寒冷，但距离那个满载毛衣的卡车已经很近了。国道旁都是水田和旱地，道旁的一角孤零零地立着一家烤肉店，店旁边就是那块勉强能停下一辆卡车的空地。上高中的时候我骑车上学，总会路过这里。这条路上满是尘土、噪声和尾气，夏天酷热，到了冬天，寒风总是径直刮来，凛冽极了。

植草所言不虚，那里正停着一辆脏兮兮的卡车，车身上四处贴着写有"高档毛衣、千元一件"字样的纸，还描上了红蓝色的框。路边铺着放毛衣的席子，有两三个路过的女人正在那里挑选。我看到了一个穿皮夹克的男人。他和那个人一点儿都不像，是完全不同的两个人。卡车也有明显的不同，那个人的车是绿色的，而我眼前这辆是深灰色。即便如此，我还是装模作样地挑了一会儿毛衣，找机会往驾驶座上看。这时我又想到，也许穿皮夹克的男子是那个人的同伴，就像当时的我一样也是被雇来看摊的，而那人自己可能又钻到那边公寓二楼的房间里去了。我望了望国道对面的那栋建在田地里的老旧公寓。这时皮夹克男走来，手上抓了五六件毛衣递给我，说：

"小哥，一千一件哦。把这五六件都买了吧。"

"那个……"

我有点慌张地问："大叔，你是夏天在这里卖西瓜的那个人的朋友吗？"

"西瓜？……"

男人把手里的那团毛衣扔回席子上，表情有点可怕地瞪着我：

"卖那种破玩意儿做什么。"

我小声说"抱歉"，跨上自行车，匆匆忙忙地往回骑。

回到市政厅，我开始处理下午那些无聊的工作，心中却几次浮现出那个人的身影。而且不知何故，它又同东舞鹤那条站前路的光景重合在了一起。浸没在初秋余暑中的里日本①，万籁俱寂的海边小镇上，那个人露着黝黑发亮的肩背，开着满载西瓜的卡车从什么地方过来了——我的脑海中就幻想着这样的画面。

那天傍晚下了阵很大的雷雨。我从针织厂打工结束骑车回家，中途躲进了停在空地上的一辆卡车里。因为雷电来得很猛，在空旷至极的路上前行很吓人。我以为车里没人，结果马上就发现有个年轻男人正躺在座位上睡觉。我一边用脏手帕擦拭着被淋得湿漉漉的脑袋和手臂，一边请求说：

---

① 日本本州岛朝向日本海的地区。

"不好意思，请让我在这里稍微躲下雨。"

"哦，这种雷阵雨一会儿就停了。"

男人闭着眼说。驾驶座旁的地上铺着几张报纸，有西瓜皮扔在上面。车里都是男人的汗味，还夹杂着香烟和那些带着许多鲜红果肉就扔掉的西瓜皮的味道。他一直躺着，忽然扬起脸看了看我，问：

"你是高中生？"

我还没答话，他又说：

"有个不错的兼职，干不干？"

"什么兼职？"

我本来是在针织厂的装货部门打工，但那里的负责人喜欢刁难人，而且日薪也很少，所以我一直在考虑，如果有更好的兼职的话，就换一份工作。我和朋友约好两人一起存钱去若狭一带旅行，于是在这一年的暑假，我有生以来第一次出门打工，也因而懂得了替人做事赚钱是件多么辛苦的事。我在针织厂工作了一周，拿到的工资和去旅行需要的钱还相差得太多太多。

"这些西瓜卖光之前，在车里睡觉就好。"男人指着卡车的货斗说。

我扭头看过去，这才注意到那里面装满了西瓜。车身上用铁丝绑着一块三合板，上面写着——"熊本直送""便宜又很甜""五百一个"。

"哇，你在卖西瓜啊。"

"不用说话，就坐在这儿，有人来买了再过去。你就说是熊本西瓜，说这是从田里直接低价收来的，所以卖价便宜，相当于白送，然后卖就行了。"

"真是熊本的？"

"卡车就是从熊本直接开过来的咧。味道可好咧，很好吃的咧，快来买咧。这么说就能卖掉了。"

男人顺势怪里怪气地模仿了几句九州口音，笑了。

"这些一共有多少个啊？"

"装了三百个，不过有二三十个在路上撞坏了或者烂了。今天又卖了二三十个，还剩下二百多个吧。"

仪表盘上面摆着不少火柴梗，应该是用来表示卖掉的西瓜数量。男人起身，确认般地数了一遍：

"哦，卖了二十五个。"

我觉得，与在工厂里呼吸着线头碎屑相比，在户外卖西瓜无疑对身体更好。而且听男人的口气，卖光这些西瓜似乎也不是什么难事。于是我问他能给多少报酬。

"全部卖掉的话就给你一万日元。"

"那要是没卖完呢？"

"别担心啦，一定能卖掉。"

第二天一早，我带着装了凉麦茶的保温瓶前往卖西瓜的卡车那里，也带上了前一天晚上男人拜托我去买来的蚊香。西瓜全部卖完之前，他准备一直睡在车里。

"反正最烦人的就是蚊子。本来就热，再让蚊子叮，没法睡了。"

男人穿着前一天的那件无袖背心，跳到地上把西瓜分拣开来。最小的五百日元一个，稍大一点的六百，顺次分出级别，最贵的要一千二，又告诉我如果顾客嫌贵的话可以让到一千一个。我盯着他那发达的肌肉看了半晌，说：

"你好像体操运动员啊。"

他双手托起一个看起来很重的西瓜，骨碌碌地耍弄着，答道：

"是啊，高中的时候练过器械体操。"

"哇，你真是运动员吗？"

"有那么一小段时间是。我高中念了两年就不上了。"

我明白为什么他的脸看上去和身体很不协调，显得异常地小了。因为他的脖子超乎常人地粗壮结实，胸脯也很厚。我戴上草帽，敞着车门坐在驾驶席上看他卖西瓜。上午又卖了十四个。基本上都是路过的人停车来买的。对于那些只想买一个的人，他就只收一千，卖给对方两个六百日元的西瓜。这似乎是他的经营策略。

"可好吃咧。俺大老远跑来做生意，你就都给买了吧。很甜的啊，还便宜呀。"

他告诉我，有客人来的时候，可以一边这么说一边拍巴掌。我很快学会了。男人叫我看着车，自己去烤肉店吃过午饭，又换我去吃。我吃完回来，他说：

"就像这样，你明白没？"

"嗯，很简单啊。"

"好，那之后就交给你了。"

见他好像要去什么地方，我惊讶地说：

"啊？就留我自己在这里吗？"

"当然喽。所以才特地把你雇来啊。"

男人说傍晚回来，然后穿过国道，钻进了田地间的小路。那小路很窄，好像田间缝着的一条细线一样。那一带的田地一览无余，一直能看到他的身影。我坐在驾驶座位上，恍恍然地望着。男人回了一次头，朝我随便抬了抬手，然后转身钻进了那栋灰泥墙面的旧公寓里。他顺着楼梯上了二楼，敲了敲最北侧房间的门。那栋公寓离我有三百米左右，男人的表情已经看不清了。这时候刚好有一辆轻型轿车刹住了，司机从里面探出头望着这边的西瓜，好像是在考虑要不要下车买。我便从卡车上跳下来，大声说："好吃咧！便宜咧！熊本的西瓜咧！"结果那人也没来买，车开走了。再望过去，男人似乎已经进了那间屋子。骄阳下的田野那边，只有公寓楼那灰色的墙壁晒在盛夏的烈日下，闪着摇动的光。

午后连微风都没有了。难耐的热气裹着卡车，感觉像身处热锅里一样。我找来几块大石头，把车胎前后都塞上，然后钻到车身下的阴凉里等客人。无数来往车辆的尾气久久散不去，夹杂着蒸腾的暑气在我身边飘浮翻滚着。卡车底部似乎有几个裂开腐烂的西瓜，聚来的几只苍蝇在那里嗡嗡地飞。之后也没客人来了，一个西瓜都没卖掉。我往国道那边扔着小石子，时不时抬头看看积雨云，又看看那边的公寓楼，聊以打发时间。和卖出西瓜相比，我更期待太阳早点落山。太阳渐渐往西倾去，烤得卡车更烫了。这时候，我看到公寓的一扇房门打开了，那人从里面走了出来。我目不转睛地盯着他往回走。他穿上背心，在摇曳的炎光里穿过国道，走过来和我并肩坐在卡车底下的阴影里。

"卖了吗?"

"完全没有……"

"等凉快一点就又有客人来了。"

"公寓里还有你认识的人?"

男人没回答我的问题，用手背擦了擦脖子上淋漓的汗水，说:

"你去下烤肉店，打些水来。"

他从货斗里拽出一个水桶，一边点烟一边冲我扬了扬下巴，催我快点去。我把水提回来，他便把毛巾浸在水里，然后站在卡车的影子里，把裤子褪到膝盖的部位。接着又把内裤也拉下去一些，掏出他的性器，用濡湿的毛巾裹住擦拭起来。我故意侧过头去，用余光偷看他的动作。男人的那里大而发红，和他久经日晒的肩臂处的皮肤比起来好像是什么泡水发胀的东西，而且好像发烂了。

他泼掉桶里的水，拧干毛巾晾在货斗边缘，然后到我身边躺下，闭上眼，枕着一只胳膊。我原先觉得他肯定在三十岁上下，而这时候看着他闭着眼睛的样子，却惊讶地发现他比我想象中要年轻很多，看上去只有二十一二岁的模样。毫无油光的头发被汗水沾湿了，贴着他的前额。再往下看，和那张脸不甚相配的长而整齐的睫毛微微颤动着。

"白天都是这样，没有客人吗？"我问。

男人仍闭着眼，嘟囔着说：

"从傍晚到半夜十二点，是卖得最好的时候。"

"啊？那白天把我雇来不是也没用嘛。"

"我不在的时候你帮忙看着就行了。"

"你每天都去那栋公寓？"

他睁开眼，说：

"嗯，到西瓜卖光之前吧。"

他跟我说，去年夏天自己也在这里卖瓜。但我对此没什么印象了。虽说我总是骑车从这里过，但今年才第一次注意到他。

"你真是熊本人？"

"是舞鹤人。开着卡车从东舞鹤一路飞奔过来的。在丹波收来的西瓜。"

第二天、第三天也是一样，男人吃过午饭就会消失在那栋公寓里，到了下午三点左右一定会回来。用湿毛巾擦完腿间，就照旧躲进我所在的那片阴影里，或是吃西瓜或是看漫画，傍晚之前都不会再出去。一到六点钟他就从车下面钻出去，打发我回家。次日早上我再去看，火柴梗的数目确实增加了，车上的西瓜也在逐渐变少。不过，随着一天一天过去，他的心情渐渐变差了。

认识他的第五天，我头一回看到了住在公寓那间屋子里的人。那是个年轻的女人，这天她牵着一个步履踉跄的小女孩，从田里过来，再穿过国道走到卡车这里，小声对我说要买西瓜。我无意中瞟见那扇门打开了，便一直注视着她们，看着她牵着孩子出门、下楼梯，在摇曳的炎光里摇晃着走过来。男人一直在车下的席子上躺着，沉默地看着她，这时终于晃晃悠悠地起身，在最大的那些西瓜里挑出来一个。

"这么大的西瓜，我们吃不完。"

女人轻声说道。不知为什么，女人低低的声音和她的表情给了我一种非常无力而憔悴的感觉。她想付钱，但他坚辞不收。我把草帽又往下压了压，不想让他们注意到我的视线，但还是一直偷看女人的脸。她很瘦，皮肤很白，胸部、臀部的肉都薄薄的，小腿上能看到许多青色的血管，下巴也尖尖的，嘴唇很薄，没涂口红却很显眼。不过看五官，她其实算得上是个美女。她的眼眶带着一种湿润感，仿佛刚从温泉里出来一样。女人把那个大西瓜装在男人递过去的塑料网兜里，催着那个脚步不稳的女孩，一步一步走过了国道。她一次也没有回头，只是慢慢地、慢慢地跟着小女孩的步伐，回公寓去了。

"那个人……是你妻子？"

我突然想到这个可能，便问了。

"在舞鹤，她和我是同一个村子的。"

男人回答，伸手拿起了货斗里的菜刀。他横七竖八地切了几块西瓜，放在报纸上，让我也吃。

"现在是别人的老婆了。"

"啊？……"

"等孩子睡了，夏天的乐子就来了，啊，我的意思是，在床上的激烈运动嘛。跟她男人比起来，还是我更厉害。"

虽然我当时只有十七岁，不过也明白他话里的意思。

"她每天都在等我，抱着我哭。"

"哭？"

"嗯……一边打滚一边哭。"男人用发怒般的声音喃喃地说。

我紧紧地抓着温热的西瓜啃，把嘴里的一口西瓜子连着汁水一起吐出去。男人的眼睛在直射下来的阳光里闪动着光亮，但立刻就像滴了油一样浑浊了。

"你是为了见她才从舞鹤过来卖西瓜的?"我犹豫地问道。

他没有回答，只是看了看剩下的西瓜说：

"也该收摊了。"

这五天总共卖掉了一百六十三个西瓜，卡车货斗里只剩下二三十个了。我摘下草帽，擦了擦额上的汗，抬头看了看天上的积雨云。五天赚到一万块，这对于高中生而言是相当划算又轻松的兼职了。不过，我却莫名觉得很累。虽说什么都没有做，只是在卡车下的阴凉里坐着而已，但我反而有一种做了几个月严苛的体力活一样的感觉。我的目光又落在那栋立在远处田地里的公寓上，看着女人住的那间位于最北侧的屋子，久久地站着。

"这辆卡车是从朋友那里借来的。也得去还了才行……"

"不卖西瓜的时候，你都做什么？"

"有时候在工地打工，嗯，就随便做些事吧。"

我还想问些别的什么，比如问问他和那个已为他人妇的女人有怎样的故事，比如问问他明年是不是还会开着一辆满载西瓜的卡车来这里，继续和女人来往……但是，那轮烈日在我头顶直直地压下来，消融掉了我的念头。大颗的汗珠从我的体内不断涌出来，我也只是和男人一起站在那里，站了很久。

我们收拾这五天来吃剩的西瓜皮，又掸去席子上沾着的尘土，这时候还有客人过来买西瓜。男人说西瓜都是卖剩下的了，爽快地给人家打了对折。太阳离得远了，变成了赤红色，黄昏的风也吹下来了。他也送给我两个西瓜，然后重新数了数火柴梗，又把钱包里的纸币和零钱掏出来摊在驾驶座上算账。同说好的一样，他付给我十张叠着的一千日元钞票。接过钱的时候，我莫名有一种百无聊赖的感觉。这时一阵强风刮过，吹飞了几张摊在驾驶座上的纸币，本来男人已经抹平了它们的皱褶。我和他都跑到屋后的杂草丛里捡。我很快就抓起了五六张一千日元的纸币，但有张一万日元的纸钞飞到那片黄色的代萩①丛里去了。我屏住呼吸钻进花粉里，那张纸币就挂在草叶间。我把它装进口袋里，又弯着腰在那里蹲了好久。过了半晌，我回到卡车旁，说：

"不行，有一张被吹走了。"

男人倒也没有惋惜的样子，说：

"没办法，没办法。你之后再去找一遍吧，找到就归你了。"

他坐到驾驶席上发动了卡车，把车门一关，好像很急的样子，也没看我一眼就开车走了。我和他连句"再见"都没说就分别了。夕阳在那栋公寓的后面落下去，女人房间那一带已经暗了。我把两个西瓜绑在自行车后架上，往家里骑去。我兜里装着那两万日元，又觉得腿间的东西渐渐硬了，抵着下面的车座。我也想用湿冷的毛巾裹住那已经泄去精力的、黏糊糊的东西擦一擦。

在那以后，每到夏天，我都盼着那个人能再到烤肉店旁的空地来。因为我想告诉他，我在那丛茂密的代萩深处找到了那张一万日元的纸币。不，原因不只是这些。我还想告诉他，那个女人仍然住在那栋公寓里，去市政厅上班的路上，有时我会看到她在晾衣台上晒衣服的身影。因为

---

① 即一枝黄花。

我觉得，他和那个女人，从那以后就彻底结束了。

比下班时间晚了仅仅三十分钟，我就把今天计划完成的工作全部做完，走到了被十二月的寒风狠狠吹着的国道上。植草还留在单位里，正努力把自己买来的另一件毛衣以两千日元的价格卖给别人。

夜空中还残留着一丝青色，有颗星很亮。我在每天都要经过的这条路上慢慢地骑车。白天停在那里的大卡车已经不在了。我又看到了那栋公寓楼。田野的那一头，有风吹着，发出海浪一样的声音。只有那个女人的房间亮着灯，看过去，就像是夜晚海上唯一的一盏渔火。

# 北病楼

马野医院的病房北楼位于宽阔的医院用地深处，孤零零的，离其他新建的钢筋楼房很远。这是个小小的两层预制板房，只收住结核病人。我住院的时候，二楼住着其余四名男患者，一楼则是三位女病患。不到两个月就有六个人出院了。于是只剩下我，还有一位姓栗山的重症病人——一位半老的女人。那以后一直没有新的病人住院，因此我几次请求护士调换一下病房。我房间的正下方就是栗山的病房，隔着薄薄的地板，她一举一动的声音几乎都能传到我这里来。晚上我常被她的咳嗽声吵醒，而且还要留神自己的脚步声和电视机的音量，这感觉实在不怎么好。态度冷淡的护士总算答应了，粗着嗓门说：

"那尾崎先生就搬去您喜欢的屋子好了。"

话音未落，她就迈着外八字，挪动着肥胖的身体走掉了。我马上从床上爬起来，走到每次踩上去都会吱嘎作响的走廊里。说是"喜欢的屋子"，但一楼和二楼都只有排成一列的三个四人间。剩下的就是走廊尽头的盥洗室和厨房，以及另一头的厕所了。我的房间在正中央。不过我又觉得，就算搬到隔壁去，楼下传来的声音也未必会弱很多。隔着走廊的窗子望向医院后门的方向，能看到三株很大的白杨树随风摇曳着。原来拜它们所赐，夕阳便照不进我的房里。再看一下两旁的空房间，自黄昏伊始就会出现的那种刺目的光亮已经照在了满是污斑的墙壁和床上。快要入梅了，我的病就算恢复得再快，恐怕也很难在夏季之前痊愈。因为一点噪声就匆忙换掉房间的话，会不会得不偿失呢？想象一下整个夏天都要在一个没有空调又满照着夕阳的房间里度过，我认为还是待在现在的房间里更明智。

我穿着睡衣下了楼，走到医院的庭院里。中庭就在那栋崭新的、钢筋水泥的三层病房和我所在的北病楼之间。这里有个陈年的藤架，还有一眼小小的圆形泉水。半干的泉中漂浮着水苔，有透明的小虫子飞来飞去。我坐在泉水边注视着北病楼，这座褪色的预制板房。栗山和我的窗边都晾着毛巾，有风吹过的时候，它们会同时以同样的方式飘摇起来。下雨的日子，在病房里看到护士撑着伞从藤架下、从泉水边走过时，我便会反应过来"啊，已经到了量体温的时间了"，而另一面又会被一种暗自怀恋的心绪所包围。雨珠落在被水苔阻塞的浑浊泉水里，让我想到自己正被隔离在这座街边医院的一个角落。我的视线又一次模糊起来。

　　我是四月十八日住院的。四月十日我知道自己生病了，心想这总不至于是不住院就治不好的病吧，就接连去了两所呼吸专科医院。双肺的上肺部出现了左右对称的阴影，两家医院的医生都认为有排菌的风险，所以我也做了住院的思想准备。最开始是计划住在兵库县 S 市的一个结核病疗养所，但后来听人说，专门的疗养所与普通医院不同，不会轻易放人出院，于是我便通过熟人介绍，匆忙换到了这个马野医院。马野医院原先是专治结核病的医院，不过随着患者的减少，加之《预防法》立法后，这个病难以再给医生带来收益，不知不觉，这里也变成以胃肠科、其他外科还有肛肠科等为主的医院了。可能是因为这个原因吧，北病楼已经沦为了医院里一座被遗忘的孤独建筑——一座建在宽阔的医院深处的小预制板房，离后门不远，看上去就像是收纳医疗器材和药品的仓库。下雨时，雨滴总是直直地砸在它的天花板上；风会从玻璃窗的缝隙里吹进来，发出很吵的声响；太阳也总是炙烤着薄薄的屋顶和墙壁。大部分时间里，护士只有早晚量体温时会来，熄灯之前是看不到人的。我在周一和周五注射，栗山还要加上周三，这些日子的上午十点左右，护士就会端着装着注射器的铝盒子来这边。除了"如果有耳鸣的感觉请告诉我们哦"或是"好好揉一揉哦"之外，她们几乎不会跟我有什么像样的交流，匆匆忙忙地就回去了。吃饭的话，会有一个穿着白色工作服的中年女人把饭菜送到楼梯口，用那种阿姨式的口吻喊一声"吃饭了!"，出门看时，她已经消失了踪影。住院后，我好几次因觉得自己遭到了非常不当的对待而生气。但仔细想想，虽然医药发达了，但结核病仍然是货真价实的传染病，无论是护士还是送餐人，自然都不愿意专门在这栋脏兮兮的北病楼里久待。

我一会儿往泉水里丢小石子，一会儿低头观察在脚边爬动的蚂蚁。光线偶尔会穿过六月的薄云，落下来照在我身上。我不时看看自己晾在病房窗边的毛巾。玫瑰的花期过了，花瓣松弛下来，一只蜜蜂在那旁边慢慢飞着。我觉得那是一只被流放出住所的孤独生物。真想一天快些过去，让夜晚来临。一觉醒来，早晨已经倏然而至。虽然我觉得，只有流逝的时间才是最有效的药，但它也常会让我变得慵懒起来。

大概半年前的时候，我觉察到自己身体出了问题。喉咙的深处总有刺痒的感觉，想着勉强咳嗽几声止痒吧，这咳嗽却一发止不住了。一开始以为只是感冒而已，又没发烧，又没有很强的疲劳感，就没太在意。如果那时候去拍X光片的话，估计能在轻症的阶段发现病情。但当时每天都在加班，加上进入公司刚过半年，实习期也结束了，正是憧憬未来的时候。所以，虽然知道自己稀里糊涂地得了什么病，对此也有一种烦躁的不安，但我还是没有去医院，偶尔吃点含片或是减少吸烟，那一年就这么过去了。等过了年，到二月中旬左右的时候，傍晚时我总会出现轻度的恶寒——毫无征兆地、一阵阵地发冷，身体都不能动弹。抬手摸摸额头，感觉自己似乎有点发烧。停下手里的工作，用胳膊撑住办公桌蜷缩身体忍一会儿之后，那股恶寒便像潮水一般退去了，反而涌起了一股怪异的活力。但脚踝关节或是腰间的钝痛感则一直都有，不会消散。我觉得自己对疾病的畏惧已经不太正常了。身体某处出现不明原因的痛楚时，我立刻就会想自己是不是得了癌症；感觉头脑沉重时，又会担心自己因血压高引发脑溢血；爬楼梯时若是感到比平时心跳更快，又会担心自己心脏是否有重大疾患。这种疑神疑鬼的性格又耽误了实际病情的发现。虽然我确信自己多半是得了什么病，但还是没能下决心去医院。于是在病灶扩散到两肺之前，我仍是日复一日地拖着自己倦怠的身体、挤着满员的电车去公司上班。

CT 显示我左肺上部有两个弹珠大小的空洞。但院长告诉我，病因在锁骨下方的右肺部位，还说让我做好住院一年的心理准备。而且一年只是说住院的期间，并不意味着痊愈。每周要打两次链霉素，同时服用异烟肼和乙胺丁醇。满头银发、梳着背头的院长满不在乎地说，有些医生会用一种名叫利福平的药，但他不想用，因为那个药既贵又伤胃，而且要是这个病再次发作，这个药疗效就会差些，到时候还得用新的治疗方案。他帮我写了要交给公司的诊断证明，然后放松表情，补充说：

"没关系，能治好的。"

虽然还有许多问题想问他，但候诊室里人很多，孩子的哭声、老人的咳嗽声又很吵，加上院长已经叫了下一位患者的名字，我便接过病历和诊断书出去了。然后我回到公司做了工作交接，听着同部门的前辈、同事的安慰鼓励，到医院准备住院。

住院后的两个月，我都在专心配合治疗。不爱吃的食物也硬着头皮吃，到九点钟熄灯时，不等护士催促就主动关灯睡觉。烟也戒了。强迫自己过了两个月的健康生活以后，再拍 X 光片却发现双肺的阴影丝毫没有变化。我很惊讶，此后便一直意气消沉，在病房里闭门不出。

我感觉身后有人，回头看时，发现栗山穿着茶色的长衣，用双手梳拢着她那花白而散乱的头发走了过来。她看了看我，微微点了点头，随后微笑着说道：

"不知不觉，就剩下我们两个人了呢。"

说完坐在了我旁边。栗山今年五十八岁了。她二十年前做过胸廓整形手术，所以左肩垂得很低。那次术后她的身体一度好转，但十年前旧病复发，之后便一直反复地住院出院。两年前她大吐血了一次，心脏也不好了，此后便一直卧病。她很少到中庭来，我便向她说：

"今天气色不错，看上去情况蛮好呀。"

"不过接触到外面的空气，感觉眼睛痛，眼泪都出来了……挺不好受的，很快就得回屋去。"

"因为在屋子里待太久了嘛。这阵子我也觉得，自己要被宇宙的精力给挤扁了。出门被太阳照到的时候，脑袋就觉得发懵。"

"宇宙的精力？"

栗山双手按着内眼角，眼睛睁得大大的，仰视厚厚云层中露出来的天空。一群麻雀吵嚷着从北病楼的屋顶飞到电线上。

"嗯，是宇宙的精力啊。这种东西啊，其实到处都能看到呢。"

栗山微张着嘴，从天空到麻雀，再到屋顶和院子里的花草，饶有兴趣地看了一圈，用一种悠然的语气低声说，还重复了几次"宇宙的精力啊"。

"尾崎今年贵庚？"

"我二十四岁。"

"那好好治疗，很快就能好起来了。像我这样就不行了。我的肺啊，只剩这么一点儿了。"

她两手围了个圆形，比在右胸的位置：

"肺活量只有七百。左肺完全没用了，右肺也只剩下边的部分了。能治好的时候没有好好治疗，这个病就会不断复发，渐渐什么药都没用了。"

"您什么时候染上这个病的？"我问道。

"二十一岁的时候。那时候只是右肺有个小阴影，保养半年左右就好了。后来结了婚，怀了孕。医生说不生育会比较好，但我总是想着要生要生，果然，孩子出生一年后就复发了。这次是左侧的肺尖有了空洞……"

我默然地看着这位胸部染病近四十年的妇人的侧脸。她的鼻梁高而窄，上面有许多雀斑。在这白皙而文秀的脸上，唯有此处显出一种奇特的妩媚来。那一刻，我感到有些伤怀。

"这破屋子里只有我和您了。总觉得有点沉重呢。"我说。

栗山笑道：

"是呀。跟我这种老婆子住在一栋楼里，总觉得对不起您呢。您还是一个人？"

"嗯，还是单身。我跟母亲一起住，现在剩她一个人在家，很孤单。"

"在病房里一个人倒还好，但还是想再有两三个病友来，那样就可以聊天了吧？"

"不不，互不了解的人住在一起也会很烦。比起来我觉得还是保持现状好。"

栗山告诉我，听说这家医院已经决定不再收治新的结核病人了。等我们两个人出去了，他们就要拆掉北病楼，盖一座新的钢筋混凝土病房。据说是取消了结核病房，增设其他科室。

"啊，这么说，在医院看来，应该也想快点治好我们吧。"

"尾崎先生好好治疗的话是能出院的，我是没那个可能了……"

我沉默了。想到多年后自己可能会对更年轻的病人说出同样的话，又开始忧心起来。

"马上就会下雨。我开始头痛了。这比天气预报还准。"

栗山话音刚落，雨已经淅淅沥沥地落下来了。我们相视一笑，抬头望了望天。

整整三天，雨都没停。白天我就躺在床上，看着雨打发时间。有那么一刻，我在瓢泼般的雨里看到了飞在空中的小虫。这种芝麻粒大小的透明昆虫居然能够在硕大的雨珠之间慢吞吞地回旋。我觉得惊讶，为什么这种虫子不会被雨滴砸中而跌落呢？我单手撑着床，不知疲倦地一直盯着它看。沾满雨珠的窗子的那一侧，从檐沟溢出的雨水洒下来，带着对小虫来说无异于海啸一般的轰鸣。但那虫子竟能够以一种缓慢的动作随意地穿越水帘。我打开窗，像呼唤小狗小猫那样用舌头发出声音，伸出手去想把它召来避雨。但它还是照旧在雨中回旋着，并没有朝屋里飞。无休无止的雨幕深处立着一个黑乎乎的影子，也许已经在那里很久了，而我的注意力一直放在虫子上，没有留意到那边。是个撑着伞的男人，雨伞遮着他的脸。不过从身姿和穿着来看，我认出那是栗山的丈夫。他为什么一直站在暴雨里呢？我不知道。若是站在藤架下面，多少能挡住一些雨吧。但栗山的丈夫就站在北病楼和泉水之间，站在那没到脚踝的雨水里，就那样一动不动地注视着妻子的病房。我立在窗边，耳中只有雨声。对于栗山的家庭情况，我丝毫不了解。丈夫是上班族还是商人？有几个孩子？家住何处？妻子久病，丈夫又是怎样料理家事的？这些问题我从没问过她，她也从未对我讲过病况之外的事情。我看看窗边那只在雨中执着地盘旋的虫子，又看看栗山的丈夫，度过了漫长了午后。不过，我又微微地有了一些恐慌的感觉，便出了房间，悄悄下楼去探一探栗山的病房。靠走廊的病房窗户并不像其他医院那样开在墙上，不知什么原因，它只是把玻璃镶嵌在了格子门上面，做成了民居的风格。因此一楼和二楼的六间病房都在靠走廊的一面悬挂了用来隔断的帘子。虽然是白天，但屋里的日光灯开着，照在了发黄的脏兮兮的帘子上，还映出了栗山的身影。她正站在临院的窗边，身体在动，似乎面朝伫立在暴雨中的丈夫在做着什么。我越发好奇起来，便停在潮湿的一楼走廊里看。如果栗山知道自己的丈夫正撑着伞站在院里，那我去提醒就多此一举了。我正要回自己的屋去，却隔着帘子看到了栗山走近的身影。她扭了一下门边的开关，把病房里的灯关掉。栗山似乎已经隔着帘子的缝隙看到了站在走廊里的我，于是打开门探出头，看到我便轻轻地说了声"啊呀"，有些羞赧地笑了。我手足无措地匆忙低头行礼，觉得很不好意思，脸都发烫了。无论有什么样的理由，被人发现自己正擅自窥视一个外人，尤其是女性的房间，这是必须要做一番解释的。我已经组织不出语言了，但栗山似乎并不介意，她没有关门，转身走到朝向院子的窗边，探身靠近玻璃朝丈夫招了招手。然后她又走到门边，对我说：

"啊，稀客。尾崎先生还是头一次过来玩吧？来喝杯茶吧。"

我总算说明了自己站在走廊里的缘由。栗山的丈夫去把伞立在入口的门边后，我便郑重地向他低头致意。他们坚持邀请，我却之不恭，于是第一次走进了栗山的房间。她和我一样，都是使用着四人间里最靠边的床位，其他三张床上则放着装换洗衣服的箱子以及翻旧的杂志等什物。墙壁的衣架上挂着夏季穿的薄睡衣，旁边还挂了三串褪色的千纸鹤。与这些相比，我最先注意到的则是那边窗下地板上的各色玻璃纸，正要走过去看清楚时，栗山一边把热水瓶里的开水倒进小茶壶，一边说：

"剪影画，用玻璃纸做的……带颜色的，很漂亮……刚刚是把窗子作舞台，专门让丈夫出去看我做的剪影剧。"

"拜这所赐，身上都淋透了。"栗山的丈夫露出了和善的微笑。他脱下浸湿的袜子，用手帕擦着自己的肩膀和膝盖。他身材不高，但很健壮，看上去要比栗山年轻五六岁。

"咦……是剪影画吗？"

那是用红、黄、蓝等颜色的玻璃纸和硬纸板还有小木棒制作而成的鸟、花、星星和人。通过制作，拖动木棒就能让鸟的嘴、人的四肢动起来。

"虽说原先也喜欢写诗、创作童话，不过已经很久没写了。于是这阵子我就想自己做做这个……"

"嗯，这也是身体变好的证据呢。"

我说。我小口喝着茶，同时观察着方才在暴雨中伫立良久的栗山的丈夫。外面下着雨，又很昏暗，想到隔着窗子观看剪影剧的他的心情，开始感到疲惫的身体变得愈发沉重了。

"本来是要用牛皮纸做屏，从它后面打光，再让剪影动起来的。那样的话，色彩会透过牛皮纸呢，特别漂亮……"

原来是代替牛皮纸才借用玻璃窗了。因为这个原因，她才要特意打开屋里的电灯，还让丈夫去院子里看。

"我看到您丈夫在雨中站了那么久，还以为有什么事呢。"

栗山平时隔一会儿就要喘口气，总是垂着她浮肿泛青的脸。不过这一刻，她的举动都显得格外活泼。就见她依偎着丈夫说：

"剪影剧的题目就是《宇宙的精力》。"

"啊？……"

"尾崎你上次不是说，自己快要被宇宙的精力给挤扁了嘛。我就在这个启发之下编了个小故事。"

栗山的丈夫歪着头说：

"在我看来啊，还没搞明白为什么那叫宇宙精力呢。"

"嗯，还没有明白吗？那可不行啊。我居然编了个别人看不明白的东西。"

我想问栗山创作的剪影剧的故事梗概是什么，不过没有问出口。因为我感到很疲劳，几次都要打哈欠了。虽然栗山还切了蛋糕给我，但我还是找了个借口回了自己的房间，躺到床上闭上眼睛，不知不觉就睡过去了。

盛夏的北病楼比想象中更热。每到正午，托母亲买来的温度计都会显示到三十六度以上。我赤着上身，又把睡裤的裤腿卷到膝盖上，整日都开着风扇吹。我觉得在这样的地方，就算能治好的病人也治不好了，便向院长请求，至少在夏天把我换到有空调的房间去。痰液检测也呈阴性了，也不用担心传染给别人。虽然院长同意了，但不巧那些新楼里的房间几乎都满员了，剩下的只有需要加付不少差额床位费的单人病房和特殊病房。我顿时来了气，既然这样的话，就索性决定在这栋破楼里住到底。我去附近的超市里买来竹帘挂在窗户上，尝试用这种方式削弱一下白杨树无法完全遮住的阳光，想着至少能减少一点夕晒的余热。但是，透过那薄薄屋顶传进来的热气实在太过猛烈，再加上通风不畅，病房里的温度更高了。于是我只好把买来的帘子全都摘下来收到床底，只能一门心思祈祷夏天快些过去。天气凉爽了，病情或许也能好转。

晚上，电视里的棒球比赛转播切断时，正好熄灯的时间也到了。我关了电视，又关了屋里的灯，到床上躺下。医院旁边有个西宫球场，刚刚电视里的比赛还在那里进行着。球场的灯照着那一带的夜空。说是离得近，但距离也有几公里，在这边是看不到球场的。朦胧而起的光的下方，矗立着一栋巨大的白色建筑。在那片窗户里，电灯各自亮着，偶尔还能看到有身影闪过。已经住院将近五个月了，我却仿佛第一次注意到那里有这样一栋如此巨大的建筑。它背靠着赛场的照明，恍若自身在发光一样。楼顶上亮着霓虹灯，我躺在床上仔细分辨，是"市立中央病院"几个字。这么说来，之前似乎是听谁说过，这附近有个市立医院，啊，原来它在这里。我这么想着，仍是心不在焉地望着那边，不知为何，渐渐地又感慨起来。或许，这是我躺在医院的床上眺望另一家医院的灯光时产生的一种奇异感。一栋足有六层的、高大的白色建筑，里面住着许多病人。挤满了观众的球场的光从它的背后远远地照过来，医院就沐浴在这光里。而我，正在另一所医院的床上凝视这景象——仅此而已，却让我的心变得悠然了。久久地看着市立医院的窗灯，看着它背后茫然上升的球场灯光，我想到刚工作不久就要因长期疗养而不得不辞职的自己的未来，想到好不容易才适应了的工作，又想到自己的病情丝毫未见起色——但心情丝毫没有变得沉重。

一连五天的燥热夜晚让病房中郁积非常。这当然不是关窗睡觉的时候，但考虑到清晨的凉气可能会让自己感冒，也只得选择忍耐暑热。我从床上爬起来，轻手轻脚地下了楼，坐在庭院的藤架下面。栗山的房间亮着灯，让我这里也有了一些朦胧的光亮。我正低头模模糊糊地看着自己小腿上的毛和脚背的褶皱时，发觉新病房那边有光照了过来。两个护士抬着担架来了：

"啊，尾崎先生，熄灯时间已经过了呀。"

"栗山怎么了？"我问道。

"换病房了。这里很热吧？对她来说很辛苦呢。"

年轻一点的护士回答说，然后把嘴里嚼着的口香糖用纸包好，装到口袋里。

"非要用担架吗？"

"这两三天她情况不太好呢。"

中年的护士笑着对我说：

"最后，就剩尾崎先生自己了呀。"

那边的病房门口停着一辆救护车，大概是要用担架把栗山抬到车上，然后运出中庭。过了一会儿，栗山被抬出来了。中年护士拎着她的行李，栗山的丈夫抬着担架后侧。栗山闭着眼，胳膊搭在额头上。她的丈夫朝我微微点了点头，就这么穿过藤架，往救护车那边走过去了。护士手里的手电光刚刚消失在那栋病房里，这边的虫鸣便立刻高亢起来。栗山的丈夫又在院子里往返了几次，搬了些行李。他把最后剩下的东西夹在腋下，关上了病房的灯。我还坐在黑暗中，他在我旁边站下，又一次低头行礼，说：

"这么长时间，蒙您关照了。"

"等天气凉了，还搬回这边来吗？"

"啊，怎么说呢。院长说已经很难恢复了。"

"已经这么严重了吗？……"

"肺部都不工作了，所以心脏也衰弱了。果然是暑热难挨啊。"

他走了，我继续一人在藤架下坐着，眺望着市立医院的灯火和它背后的微光。可能是比赛结束了，夜空忽地黑了下去。那一瞬间，一直被光晕勾勒着轮廓的高大的市立医院恍若被火焰包围了一般。也许是眼睛的错觉，但我好像看到了绚烂的剪影浮现在夜空中，又"啪"地倒了下去。

我在空无一人的二楼一直等着秋天。午后睡醒的时候，我忽然听到仿佛有人迅速逃走的声音。但那是错觉所致，这里除了我之外并没有别人。即便如此，我还是会时不时地开门，探头看一看走廊和厕所那边。特别是在打针的日子，耳蜗深处总会有一种难以确定的声音，似乎有人一直躲藏在这里。这也不能算是耳鸣，就是有一种奇怪的感觉一直在我头脑的最中心，挥之不去。脸部微肿起来，就像一直被湿毛巾敷着一样；吃东西的时候或者动嘴的时候，嘴唇也总有一种麻痹的、缓缓抖动的不适感。这是链霉素的副作用，注射后两三个小时就会出现这种症状，一直持续七八个小时也不见消失。这副作用听说每人都有，可大可小。孤身一人躺在阒静无声的北病楼里时，我几次想起曾听人说过链霉素会导致失聪，也曾考虑过把这种不舒服夸大一下，要求停止注射。不过，权衡了一下失聪和治疗结核两件事的利弊，我最终还是觉得停止注射的损失更大些。

虽然气温还是夏季的样子，但云的形状已经有了秋天的征兆。我已经受不了这种孤独了。我知道，哪怕不经常交谈，但只要有人住在同一栋楼里，这种孤独感就会减轻一些。栗山搬去其他病房大约四十天了，这段时间里我都是一个人在北病楼里生活。来过这里的人只有母亲和公司的一位同事，此外就只有护士了。偶尔院长会在窗下打声招呼：

"还好吧？"

"嗯……"

"要稍微散散步呀。"

"嗯……"

对话的内容总是如此，然后院长就会快步走回新病房的门诊室去。

这天，护士把似睡非睡的我叫醒了：

"尾崎先生，请去一下放射室。"

"啊？今天要拍 X 光片吗？"

听她突然这么说，我便匆忙横穿庭院过去。一位面熟的放射科医生正等着我。

"上次拍胸片还是六月吧。"

"嗯，院长是说每隔两个月拍一次，不过比计划迟了。"

我面带不悦地脱下睡衣，站到机器前面。等待显影的时间里，我一直忐忑不安地在放射室前走来走去。医生拿着我的胸片进了门诊室，马上就叫了我的名字。

"空洞已经填上了呀。"

院长说。

"大的窟窿已经没了。右肺的阴影也慢慢消失了，这是逐渐开始好转了。"

"非常感谢。"

我从没有像这般真心诚意地道过谢。用候诊室的公用电话向母亲报告过之后，我小跑着往回走。栗山的丈夫正在泉水旁晾衣服。他在桂树和藤架之间系了条尼龙绳，把女式的内衣搭在上面。点头招呼过后，我绕着泉水转起圈来，实在是喜不自胜了。我用手指搅着泉中的水苔，问：

"您太太的情况怎样了？"

栗山的丈夫显得有些难以启齿，他停下拧干衣物的动作，走到泉水旁叼了支烟。

"说是就只有两三天了。"

"两三天？"

"院长是这么说的。已经把女儿从婆家叫来了，也通知了娘家那边的哥哥和妹妹。"

我默然地撕扯着水苔，又把它们抹在泉水边。有蜻蜓在我们两个人之间飞着。

"宇宙的精力那个故事，大概讲的是什么？"

听了我的话，栗山的丈夫面露讶异："啊？"

"就是那个用玻璃纸做的剪影。"

"哦，我都给忘了。我就是按她说的站在外面而已……"

我还想说些什么，但再也说不出了。栗山的丈夫拎着空塑料桶回那边的病房去了，我也爬上北病楼的楼梯，回到自己床上。到填补上肺部的另一个空洞，还有基本消去阴影，估计还要再花上四个月吧。也就是说今年一整年我都要在这栋北病楼里度过了。听着雨声和孩子们的喧闹，追寻着从窗帘的缝隙照进来的阳光、不时出现在窗边的小虫的踪迹——我还要继续过这种无言的孤独生活。而当我意识到这种孤独、想要逃出去的时候，竟然有一种无法抑制的喜悦——即使我再三试图压抑它——让我的表情舒缓了下来。我无法平静，便再一次下楼到中庭里，在泉水旁、藤架下踱步，时而瞟一眼晾在尼龙绳上的栗山的内衣。她的内衣很肥大，像男人穿的。我忽地记起不知什么时候看到的栗山鼻梁上散布的雀斑来。再抬头看，一架飞机正顶着太阳光从蓝色的天空飞过。看到它那炫目的银光，我又想，不也有许多人在那样的地方吗。我在院子里做了几回伸展运动，回到病房，一觉睡到了傍晚。

# 火

下雨了。得快点回大阪去公司露个脸，把今天的情况汇报给上司——然而夕雨骤至的京都闹市街上，山路启一仍在缩着脖子慢慢走着。他讨厌下班时刻的骤雨。

乘阪急电车到梅田站似乎能快一些，但他经过南座往河原町方向走的时候，正好看到了京阪电车的四条站。乘京阪线到淀屋桥，然后再顺着御堂大道往北走，也能到公司。他觉得步行距离差不多，便买了京阪电车的票。车上没想象中拥挤，他到前一节车厢靠门的位置坐下，无意中瞟到坐在对面的男子，顿时吃了一惊。他觉得眼熟。乘客陆陆续续地上车，有人从他们之间经过，也有人站在那里挡住了视线，启一便朝两边扭动身体，隔着人群的缝隙看那人的脸。他似乎没注意到启一的目光，一会儿看看车里的海报，一会儿又回头看看窗外的风景。启一觉得一直盯着对方看也不太好，虽然注意力一刻都没有离开那人，倒也有两三站的时间佯作无事地看着别处。

男人五十出头的样子。启一和他同住的时候还是小学四年级，都有二十年了。记得当时他正是三十岁左右的样子，年龄也是符合的。他的头发已经花白了，当然，脸、脖子、手背与当年比起来也都显得松弛而衰老。但与二十年前相比丝毫没变的，是他的骨架仍那么细，身体仍那么瘦削，干枯的头发仍在额上剪得十分整齐——这些未变之处更让人感慨。轮廓分明的双眼皮下是圆而突的大眼睛；鼻梁很高，不像日本人，鼻尖有点微红——因为常擤鼻涕所以总是充血，这一点也完全没有变。启一能清楚地记得那人的长相，是因为高中时看过一部法国电影，里面有个演员跟他很像。电影名已经忘了，那位法国演员也只是个配角，不晓得叫什么名字，但当时启一在黑暗的电影院里险些叫出声来。那是个讲监狱的故事，几名犯人中有一位脱衣舞娘的丈夫，他为女人而错杀了人——虽然他原本是个软弱而畏缩、似乎连虫子都踩不死的人。探监的日子，那舞娘就会做他爱吃的馅饼给他。但后来他们渐渐疏远了。一天，她来告诉他，自己交往了别的男人，要结婚了。当天晚上，男人就在单人牢房里上吊死了。虽然是影片中的角色，但无论是表情还是目光，在启一印象中都与那人身上的特质一模一样。因此，从未忘却的那个人的事情又在启一的心里纠缠起来。

但启一又想，与他人相貌相似也是有的。就连外国演员中都有同他那么像的人，那么在日本有长得更像的人也不足为奇。见那人抱着双臂闭上了眼睛，启一便放心地一味注视起来，目不转睛地凝望着他的脸。五官很像，整个人的感觉连同衣着的风格都像。如果这个人真的是那个人的话，我又该怎么做呢？启一想。他发觉自己的目光已经过于凌厉了，便低头去看脚下的过道。有雨珠滴在他脸上了。近旁的窗开着，没人去关。不知不觉间，车上的乘客已经少了。启一站起身去关窗。这窗很难关上，他鼓足力气向下拉，窗子落下来，发出了整个车厢都能听到的金属声。男人闻声抬头，看了他一眼。启一的脸有些发热。大概他已经不记得自己的长相了吧，启一悄悄看过去，男人已经移开了视线，正朝四下张望着。即便他就是那个人，大概也不会记得二十年前那个九岁、十岁的孩子的长相吧。启一安下心来，时不时地瞟他一眼。不过，他还是关注着男人的举手投足，试图找到足以判断对方身份的特征，甚至不知道电车开到什么地方了。但他无论如何又不想让对方注意到自己，更不会去搭话了。而坐在他斜对面的那个人跷着二郎腿，不自觉地抖着脚尖，还打了个哈欠。发红的鼻尖让男人的肤色显得更白了。他穿着件便宜的茶色运动衫，前襟大敞着，里面衬衫的第一颗纽扣系得很紧——这让他显得寒酸。


"怎么回事儿呢，感觉他的眼睛好吓人。"

母亲直子悄悄地说。男人去了二楼的四叠半大小的房间，似乎是在铺他带来的被子，半晌没下楼。住了三年的青年佣工辞职了，店里人手不足，一位主顾便帮忙找了个送货的人来。启一的父亲面向公司和商店直销办公器材和文具之类，客户众多，甚至打入了北滨、淀屋桥、中之岛的政府街，在同类的店里比较出名。

父亲国造像往常一样，正就着鲔鱼刺身喝酒。他的头发已经相当稀疏了，只有两侧和后脑才有些茂密的样子，长得很长。

"哎，看着挺厚道的，人还不错吧。"

"但……"

直子冲净了腌黄瓜上的米糠，一边装盘，一边抬眼往二楼看，说道：

"都三十岁的人了，还没什么可取之处。之前的伊藤就不错嘛，这么看更觉得他不行了。"

"也不能按你的喜好雇人嘛。嗯，能按吩咐做事就好了。"

男人下楼来，有些拘谨地坐在楼梯口。直子笑着把坐垫递到小桌前，说道：

"随意些吧。以后就是家里的一员了。只要工作不是特别多，晚上都是七点钟开饭。早饭也是七点，午饭是十二点。"

国造咬着切得长长的腌黄瓜，发出清脆的声音。直子见了，便把茶浇在饭上，放在他面前。启一把自己剩下的饭也浇上茶吃了，回到二楼的房间。父母在楼下的八叠间，启一是在二楼的六叠间，从上小学起他就一个人睡了。

他家在大阪市北区的老松町。窄路的两边，都是小出租楼、酒馆、小商店、佛具店、理发店、乌冬面店之类的店铺。中之岛公园往北不远有许多面向上班族的午餐店。这里的道路像棋盘一样整齐，但药店、配件店、自行车店之类又把放不下的商品摆在路边，这样一来，稍大型的车辆就很难通过。山路办公用品店前也一样堆着许多尚未拆包的货物。送货用的自行车置于其间，仿佛硬塞进去的一样。店里面有国造和直子的卧房，还有厨房兼食堂。二楼有住宿用的四叠半房间和启一的六叠间。后面另有一栋木结构仓库。

启一躺在自己屋里翻着漫画书。楼梯吱吱嘎嘎地响起，那男人走进了旁边只有一障之隔的房间里。确如母亲所说，这人身上有种奇异的特质。他的眼睛总是像被吓到一样瞪着，无力地转动。不知为何，启一觉得很难喜欢上这个人。那扇推拉门很难关严，他便从缝隙窥视那人。男人正拿出手纸擤鼻涕。

之前的伊藤在心情好的时候经常教他写作业，还会拉开门递给他牛奶糖啊、花生啊，还有各色奇怪的点心。但这个人怎么看都不像会做这种事。虽然是个男的，但他的脸色就像刚卸了妆的女人一样。这让启一有种微妙的烦恶感。他转念一想，拉开隔扇问道：

“你叫什么名字？”

男人循声四望。启一房里的灯光比这边暗，他似乎看不太清。男人站起身，走近冷淡地答道：

“古屋。”

他又说：“你不要随便往这边看。”

启一有点尴尬，回到矮桌旁整理他的教科书。他毕竟是主人家的独子，佣工都待他很亲切，“小启、小启”地喊他。启一也恃宠而骄。所以男人对他的态度让他十分难堪。古屋想要把门关严，但弄了半晌放弃了，只把他屋里的灯换成了小灯泡。启一仍能听到他擤鼻涕的声音，他下楼到父母屋里，噘着嘴缠住直子不放。

“怎么像个娃娃一样？该去睡了。”

“那家伙，好恶心。”

“什么‘那家伙’，要叫‘古屋先生’。”

“古屋先生哦，一直在擤鼻涕。”

“擤鼻涕而已嘛，忍忍吧。谁都会擤鼻涕嘛。”

“嗯……”

虽然启一当时说得有点夸张，但在店里工作以后，古屋也总是在擤着鼻涕。对于吩咐下来的工作，他从不会面露难色，都很好地完成了；而且出门送货的时候，无论送去哪里，他似乎也从未中途偷懒、躲在哪里消磨时间。虽然长着一副只看一次就很难忘掉的颇有特色的相貌，但这人的举止和言谈完全不会引起注意。若他一言不发地坐在办公室的角落里，别人有时甚至都不知道屋里是否有人。但他总会触怒他人。一开始国造和直子都一头雾水，后来他们想起了启一的话，这才知道原因——古屋这个人整日里都在擤鼻涕。他的衣服口袋里总是装着厚厚一沓卫生纸。早上打扫店门口的时候，他就要停下好几次来擤鼻涕。送货回来，把收货单放在盒子里之前，也要先去掏纸。

"我说过的吧？他就住我隔壁，烦得不得了。"

启一小声说。古屋像以往一样小声说了句"多谢款待"就上二楼去了。

直子问国造："他是不是鼻子有问题？"

"是啊。总是这么擤鼻涕，住在旁边是有点难受。"

"带他去耳鼻科看看怎么样？"

"我晚上被吵醒好多次呢。"

启一撒谎说。实际上他睡熟以后完全没听见过古屋擤鼻涕。直子皱着眉朝楼上看去，她刚去过美容院，头发上还罩着网套。这发型一点都不适合直子，启一觉得她也不满意，就说：

"妈妈的脑袋，好像会魔法的巫婆哦。"

"得过个四五天才能顺眼点。"

直子收拾了碗筷往厨房走，国造对她说：

"他好像有个女儿，在鸟取县。"

直子惊讶地返回来：

"咦？他不是单身吗？"

"啊，单身是单身。但有个女儿，好像是寄养在他姐姐家了。"

"什么啊，明明是单身，还有女儿。"

"不知道是生离还是死别，总之他以前是有老婆的。他也说想尽早把生活稳下来，然后跟女儿一起过。"

"跟谁说的？"

"介绍他过来的早濑。"

"不过他从没跟我们说过啊。"

那天夜里，启一被猫发情的凄厉叫声吵醒了。有人扔东西的声音，还有逃掉的猫中途踩翻花盆的声音让他彻底清醒过来。扔东西的人似乎是古屋，能听到他那边有几次翻身的声音。启一想起自己上次撒的谎，便竖起耳朵听古屋是不是会擤鼻涕。他听到那边一直有微弱的响动，门缝还透出了红光。那红光渐渐弱下去，然后归于黑暗。等了一会儿，古屋房里又有了光亮，像是在烧东西一样。火光照在启一屋里的墙上，继而消失。一开始，启一以为古屋是在抽烟，但渐渐他意识到并非如此。那红光一下又一下地灭下去，还有一定的间隔，一直持续着。侧耳倾听时，似乎是古屋在划火柴。启一不安地看着隔壁漏过来的小小火焰的柔光。从火柴盒里拿出火柴的声音，划火柴的声音，接着是一下子盈满狭小房间的火光，再是渐渐熄灭下去的火焰最后又一次旺起来、再忽地一下消失后的黑暗。然后又是抽出火柴的声音、划火柴声、火光、黑暗。再一根、再一根、再一根……

启一留意着自己的呼吸声，一直注意古屋的房间。他终于忍不住爬起来，蹑手蹑脚地靠近隔扇，从缝隙那里朝对面看去。燃得正旺的火柴刚好照出了古屋的脸。古屋身上披着被子，趴着身子，只把头探出来看着那火焰。黑暗中浮现着他那发红的大眼睛。等火柴燃到手捏不住的程度了，他就把它扔到烟灰缸里。这时候的火光从他脸的下方照上去，高高的鼻子的阴影就落在他的眉间。他那十分明显的双眼皮像是很深的皱纹一样，半张着，一动不动，眼神着迷般地注视着熄灭瞬间的火光。不知不觉间，燃尽的火柴已经在烟灰缸里堆了很高。硫黄和火柴梗燃烧的味道开始飘进启一的屋里。古屋的枕边，是摆成金字塔型的几十盒火柴。一盒用完了，他便窸窸窣窣地又摸出一盒，接着就是重复之前的动作：划火柴、看火、丢进烟灰缸、眯着眼睛凝视着火苗燃尽；黑暗、响声、燃起的火焰、映出的脸、硫黄的味道、摇曳的光……

古屋一直重复着这些动作。启一爬回被子里了，光与暗仍旧在不断交替着。启一不知道这怪异的行为到底有着怎样的意义。

"哎呀，这可不行，要是失火了怎么办？不能让这种人住在咱们二楼啊。"

听了启一的讲述，直子不安地皱着眉说。她叫来正在办公室的国造，原原本本地给他讲启一昨夜里看到的事。

"什么啊，这人好怪。"

"我说，他有点不正常吧？"

直子指着自己的脑袋，又看了看办公室和店门那边。

"这会儿他去送货了……为什么看火柴啊？这也不太好问他。"

"倒也是……"

虽然觉得可疑，但他们也就聊了这些。古屋工作起来很认真，虽说常常擤鼻涕，但也没什么别的毛病。启一之后也再没见到那天晚上的怪异行为了。但也是因为他在夜里再没被惊醒过。

这天，启一和附近的两三个朋友到澡堂去。他们就沾了沾水，几乎没洗身体就匆匆忙忙穿上衣服了。这天晚上有职业摔跤比赛的转播，启一他们要去与澡堂有五户之隔的电器店，看橱窗里的电视。有电视机的地方除了很新潮的咖啡馆外就只有电器店了，所以每当电视里有职业摔跤转播时，那里都很热闹。店前人潮涌动，不光是汽车，就连自行车都无法通过。附近的人也去申诉过，警察也来提醒过，但不知什么时候连警察自己都丢下了工作，为了看穿着黑色紧身裤的力道山① 而挤到了最好的观赏位置。

启一几人一出澡堂就拼命往电器店跑。虽然离开播还

---

① 力道山（1924—1963），职业摔跤选手。

有三十分钟，但电视机前已经有许多人了，好位置也都被一些面熟的大人占据了。启一蹦着朝还没打开的电视机那里看，揉了揉他的一个朋友，说：

"喊，都怪你穿衣服太慢了。"

这时有人抓住了启一的手臂。是古屋。他往西走去，似乎是让启一跟他走。启一迟疑了片刻，但见对方似乎是有什么内情，便把肥皂盒裹在湿毛巾里，跟着他走了。古屋走到街头一家新开张的咖啡馆门前，回头说：

"这里也有电视机。"

咖啡馆门口贴着一张很大的纸，上面写着："已购电视机。本日特播职业摔跤。"

"哇，你要请客吗？"

"是想看摔跤吧？"

"嗯。谢谢……我，吃个冰淇淋就好。"

店里已经坐满了。古屋和启一在离电视机最远的地方总算找到了两个空位，坐了下来。古屋用一种很高的、带着鼻音的声音点了两支冰淇淋。他脸朝着电视机，侧目瞟了一眼启一，含笑说：

"想看的话，下周也带你来？"

"嗯，真的？谢谢……看摔跤，觉得身体都燃起来了呢。"

答话的时候，启一又想起了不断划着火柴的古屋那浮现于黑暗中的发红的眼珠。正盯着他看的那双眼睛几乎小了一半，模样十分凶恶。启一拿起桌上的火柴，抽出一根划着，注视着它在烟灰缸上面燃烧的样子。一根燃尽，又拿出另一根，划着，像古屋那样默然地看着火焰。这是启一对古屋的一种示好。他想试探一下古屋，瞬间决定要模仿这个。古屋沉声问道：

"你怎么知道这个？"

启一本想说"前阵子看你这么做的"，但抬头看时，又突然决定不这么说了。他看到古屋的眼睛正紧紧地盯着自己。

"火柴的火很漂亮，我很喜欢啊。"

"嗯？为什么喜欢这种东西？"

"就因为很好看啊。我晚上经常划火柴玩儿。"

摔跤比赛开始后，古屋总是从电视机荧幕上移开视线，窥视着启一的侧脸。启一转着圈舔着冰淇淋，也感受到了古屋的目光。结果虽然是在看自己期盼已久的摔跤比赛，但精神又无法集中。这时古屋凑近启一的脸，含糊不清地说：

"小启啊，你不要玩火了，不然会惹麻烦的。"

启一没搭话，装作专心看电视的模样，却绷紧了身子。

"真的吗？你觉得那很好？"

古屋一个劲儿地低声重复着同样的话。解说员兴奋的声音、观众的欢呼、店里看电视的客人们的声音，启一全都听不见了。只有古屋的低语仿佛逐渐提高了声量，终于迫使启一点头承认下来。古屋留意着周围，带着激动的声音说：

"我也是，看到火，会觉得很开心。"

启一没动，只转眼去看他。他们二人的脸都朝着电视机，只偶尔对视一瞬。

"古屋先生也觉得开心吗？"

"从小时候开始，只要看到火，就觉得痛快。我一直有鼻窦炎，被搞得心烦的时候，我就划火柴。什么药都没用，看火最有效。"

"鼻窦炎？"

"就是这边，会痛起来。让人受不了。"

说着，古屋用手掌捂着自己面颊两边。

"看火就能好？"

古屋笑了，歪着他那薄而红的嘴唇说：

"岂止是好了，简直是神清气爽，比女人还舒服。"

电视里的垫场比赛已经结束，力道山终于出场了。店里也有人没有座位，只得端起咖啡站着喝。但启一的心绪已经不在摔跤比赛上了。

"啊，力道山、力道山！"

启一想换个话题，故作喧闹地朝电视看。他感到自己的脸都僵了。古屋又有几回似乎想跟启一说话一般地看着他，但终究没有作声。

国造听了启一的讲述，无奈地对直子说：

"不能再让这种怪人住在二楼了。"

"你啊，还是早点辞退他吧。"

"因为这点事就把这样一个能干的人辞退也说不过去嘛。他又没有别的错。这个人很认真，工作也肯卖力气。'听说你喜欢看火，所以辞掉你'，这也不成个理由呀。"

"但是，要是过一阵子划火柴满足不了他了，他会不会把这个家给烧了啊。"

不过十天后，古屋自己离开了。他趁夜偷走了办公室保险柜里的营业款，然后就消失了。偷走的钱倒不算太多，所以国造和直子反而都觉得松了一口气。古屋的房间里留下了脏兮兮的薄被子和洗漱用具，还有一百多个空的火柴盒。

"他什么时候记住了保险柜密码啊？"

国造用手敲着他引以为傲的坚固保险柜那敞开的柜门，说道。

"这手段还蛮专业的。"

过了几天，家人已经不再谈论古屋了。这天启一刚睡着，就听到"看到火，会觉得很开心"的声音，蓦地惊醒了。在被子里躺了一会儿，不知为何，他感到一种想划火柴看火的冲动。启一慌忙跑下楼钻进母亲被子里。那以后，他常在夜里听到这句话。


男人在京桥站下了车。之前完全没感觉他要下车，但车门开的时候，他突然站起身走了出去。启一不由自主地跟着他走到了月台上。天已经完全黑了，夜空中的大颗雨珠在霓虹灯和电子屏的光里反而显得十分鲜丽。

那都是二十多年前的事了，如今启一倒也不想把他怎样。虽说他偷了钱，但追诉的时效已经过了。国造已经离世，山路办公用品店也在几年前关掉了。启一大学毕业后在一家纺织厂上班。他与年迈的直子在东淀川区的一栋离公司不远的公寓楼里一起生活。

启一想确认这个往前走的男人究竟是古屋本尊，还是与他相像的其他人，便同他一同出了检票口。但穿过购物街、走过国铁高架桥下的时候，他又觉得无所谓了。雨更大了，砸在京桥站商业街的塑料拱顶上，发出了回响。下班的人们被雨沾湿了肩膀和鬓发，从下面跑过。男人双手插在兜里，无精打采，在拱顶下歪歪扭扭地走着。还有几个其他地方几乎见不到了的、胸前挂着广告牌的推销员，仍是黑色棒球帽和黄色短裤的打扮，正面无表情地站在那里。既然中途下了车，启一便想要不要坐国铁去大阪站。这时，男人走进了车站前的一家颇大的咖啡店。进店的时候，他朝推销员轻轻招了招手。他们似乎认得他，用目光招呼示意。在光亮中瞬间闪过的男人的侧脸与启一记忆中的古屋全然不同。他觉得自己在这人的侧脸上看到了一种更加本质的差异。启一失望了，朝国铁站走去，买了车票。居然不是古屋，不，那分明就是古屋——这两种想法在他的脑海中不断纠结着。他想要再去确认一下，便把车票塞进上衣口袋，跑进了那家名叫"杜鹃"的咖啡店。

店里很暗，但启一一下就找到了那人的位置。摇曳的小小火焰正照着那两只醒目的大眼睛和高高的鼻子。男人面前那划亮的火柴的火，离启一这里只有一步之遥，时明时灭着。

# 小　旗

父亲在精神病院里死了。听说他病危了，我仍在梅田新道的一家很大的柏青哥店里玩弹珠，直到那里打烊。我几次想，哦，老头子要死了。但没想去见他最后一面。从弹珠店出来，我便去了那家常和朋友去的关东煮店。只需一点钱就能在这里买到一罐啤酒和两碗关东煮。店主似乎认得我了，有些督促似的笑着说：

"在好好上大学吗？等找个好工作、赚了钱，想吃什么都行啦。"

"前些日子去找工作，没录用。"

我说。

"当然喽。哪有公司会聘用不知道能不能毕业的学生啊。"

老板拿起空碗，盛上萝卜和章鱼。我看他是想请我吃，也没问就吃了。梅田新道往东走一点有座大融寺，我和母亲都在那边的一家商务旅馆里工作。她在地下的员工食堂里做饭。我是服务生，每天晚七点到十一点值班。她是正式职员，我则是兼职。周五我要上四个学时的课，所以当天休息。不过这一天虽然是周五，我却没有去学校，大白天就在梅田的闹市街闲逛。

我想了一下要不要告诉这老板父亲病危的事，但他必定会训斥我，就做罢了。他的颧骨很突出，几乎可以说长了一张菱形的脸。他看着我，一个劲儿地抽烟。那些职员模样的人都走了，店里只剩下我和老板两个人。我想着，也许这会儿父亲已经咽气了，付了钱，从梅田新道的十字路口往西走到了公交车站。路上停着等候客人的出租车。喝醉的人，还有下了班的女招待上车去了。不晓得末班的公交车什么时候经过。也许已经过去了。过了五分钟左右，我放弃等待，继续朝前走。沿着梅田新道往西直走，要半个小时左右到公寓。管理员阿姨没睡，在等我。

"你妈妈打了好多次电话啦，说你父亲去世了。"

她把记下医院电话的纸条递给我，说：

"那医院挺远的？"

她似乎还想说几句安慰的话，但见我冷漠地转身进屋了，也就没说什么回去了。我想母亲大概正一个人孤独地守灵。知道父亲死了，我也想去那里看看。但要去父亲那家 S 医院，要先从难波坐南海电车，四十分钟左右到 G 站，然后再在公交车上晃个二十分钟左右才能到。离得这么远，如果坐出租车赶过去，我又没钱付车费。我在碗橱、桌角之类的地方找了一通，只发现了一枚十日元硬币，便攥着它出门，到公用电话亭拨通了纸条上的电话号码。医院接电话的女人急匆匆地去喊母亲了。

"怎么，还没来医院？"

母亲说。我只"嗯"了一声。

"你爸爸傍晚六点走的。一点儿都不痛苦。"

"现在去的话只能打车了，妈妈，你有钱吗？"

母亲想了一下，说：

"明天再说吧，一早就过来。今晚我自己守灵，明天京子、澄夫都来。"

她说了几个亲戚的名字。

我挂掉电话，想到如果乘出租车去Ｓ医院，车费要一万元。对我们母子来说，这不是个小数目。

我和父亲有四年没在一起住了。他最后一搏的创业失败后就消失了。债主来讨债，说要去报警。那时他已六十五岁，也没有东山再起的希望了。那时候每天都有些打扮怪异的人拿着父亲的借据半夜前来，逼迫母亲告诉他们父亲的所在，还让她把值钱的东西拿出抵债，一闹就是一通宵。父亲几度创业几度失败，这种事也数见不鲜了。母亲对此已经精疲力竭，便正色对他们说，既然这样就把我的命拿去。那些人把母亲的结城羽织 ① 拿走了，之后就没

---

① 出产于结城地区的名品。羽织是和服的一种。

再出现过。有一天父亲写信来了，上面指定了时间和地点，让我过去见他，是在离公寓不远的一处铁路道口。我正等他，就见父亲用围巾裹着脸，在对面朝我招手。我们进了咖啡馆，父亲摘下围巾，说：

"你妈妈还好？"

"你为啥搞成这副打扮？"

我问。

"因为冷嘛。"

父亲回答说。他胡须上亮晶晶的，是鼻涕。年轻时候父亲就留起了上唇胡。

"我已经放弃了。"

我默然看着他。

"你明年也高中毕业了。按老话说就是元服<sup>①</sup>之年。已经可以一个人生活了。"

我是他的独生子，他五十岁时才有孩子。

"我想上大学……"

父亲说：

"我也想让你上，但我已经没那个能力了。原谅我吧。"

他脸上露出了我从没见过的软弱的笑。他的脸很小，更显得脖子以下的身体很结实。脸虽小，却很胖，眉浓目锐，长长的上唇胡让狮子鼻看起来总是小小的。但此时父

————————

① 指成年。

108

亲的样子已经明显透出了老态。面庞瘦削，眼下松弛，那狮子鼻也失去了光泽。我隐约猜到父亲到底放弃了什么。他把五张一万日元的钞票塞到我手里，说：

"再过段时间，我们再联系。你就告诉你妈妈，叫她跟那些讨债的人说，已经跟那个靠不住的丈夫分手了。"

"你真要跟我们分开？"

"不管分不分开，总还是父子嘛。"

父亲站起身，嘟囔着说"我也快七十岁了"，就出了咖啡馆。他又把围巾裹到脸上，急匆匆地走远了。他的背影看起来相当落魄。寒风打着旋地吹，黄昏的路上尘土飞扬。我想知道父亲究竟去了哪里，便在后面跟上了他。他穿过阪神电车F站前的商业街，走到国道上。再走了一会儿道路平缓下来，前面出现了一个运输公司的大停车场。这里原先是个空地，小时候我和朋友还跑来过这里玩到很晚。父亲拐进了停车场前的一条巷子，又往前走。这是条死胡同，两边挤满了一模一样的建筑，不知是公寓还是新式住宅。他走到最尽头，踏上那栋楼的楼梯，进了右数第二扇门。我看到后，低头瞅着地面，发抖着回到家里。我把父亲的话告诉母亲，又把他给的钱拿出来，但没说他去E町运输公司后面的那栋公寓的事。

两个月后的一个傍晚，母亲铁青着脸回了家。她把装着葱和豆腐的篮子扔到地上，说：

"你爸爸跟一个女人一起过了。"

她说常去的那家市场今天休息，就去了 E 町的公营市场，在那里看到了父亲。他正和一个三十五六岁的、微胖的女人从拉面馆里出来。母亲很震惊，想要直接回家，但转念一想，又跟上了他们。应该是一路跟到了运输公司后面他们住的那个公寓。

　　"我腿都发抖了。别说走路，就连站都站不住了。"

　　母亲说。她经邻居介绍，到阿倍野的一所食堂工作。那些讨债的人仍旧会到公寓来。等到这批人放弃不来了，新的债主又上门了。就这样过了年，到了二月末。我虽然很想上大学，但成绩又没好到足以考上国立大学。于是我跟母亲说先考一所私立大学试试看。本以为会落榜的，不知为何却考上了。通知书上说，十天内要付清入学金和其他费用。那天晚上，我做不了决定，便去了 E 町的那栋公寓。我敲了敲门，就见旁边的小窗开了，父亲探出脸来，那吃惊的样子甚至有些滑稽。他匆忙关了小窗，开门出来，又马上把门关上，不让我朝里面看。我和父亲下了楼梯，站在巷子拐角处的电线杆旁聊了许久。我对他说，自己无论如何都要上大学，只要他帮我付入学金，后面的学费我可以自己打工赚。

　　"你妈妈知道我在这里吗？"

　　父亲问道。

　　"很久之前就知道了。"

　　意外的是父亲很爽快地就答应了下来。他说只能向人借钱，但无论如何也会帮我筹到。我也知道对于此时的父亲而言那是相当大的一笔钱。他说话时，嘴里一股大蒜的味道。

五天后父亲打电话来，说筹到钱了，让我去取。我们约在之前去过的那个道口旁的咖啡馆见面。父亲递给我一个装着纸币的信封，目光严肃地低声说：

"连这点钱都要跟人借了……你妈妈还好？"

"去阿倍野上班了。"

"讨债的人还来闹吗？"

"这阵子没人来。"

他嘴里又有大蒜味儿。这种味道把父亲变成了另一个人。我把信封装到口袋里时想，以后再也不要见到他了。

父亲每年会到我们住的公寓来两三次。每次时间都很短，什么都不说，就坐着，然后怕人看到似的回去。他来的时候总是衣衫褴褛。我看他步履蹒跚，便问：

"天晚了，要不住下？"

但他总是要回那女人的公寓去。

四个月前的一个寒夜，半年没露面的父亲来了。他跟我说了两三句话就昏倒了。等救护车的时候，我和母亲坐在鼾声大作的父亲身边，手足无措。他是脑溢血。

我和母亲照看昏睡的父亲，守在医院的候诊室里。母亲问我知不知道那女人的公寓叫什么。我回答说叫"中山庄"。

"还是通知她一声比较好吧。"

母亲思索着说。问了下电话局，却没查到那里的电话。也可能是公寓的各家都装了电话，所以查不到具体的号码。我只好坐出租过去。已经半夜两点多了，但那屋里还亮着灯。女人管我父亲叫"爸爸"。

"爸爸血压高，医生说过让他注意点。"

我们坐进在外等候的出租车。女人几次撩起她遮住半边脸的长发，露出下面很大一块烧伤的痕迹。这长发就是为了遮住她从太阳穴到脸颊的伤痕。到了医院，她立刻走到父亲的床边，在椅子上坐下来，看了看他的情况。然后她来到候诊室，对母亲施礼。母亲和她小声聊了很久，我则坐在父亲身边，一直望着窗外。当夜她留下照看父亲，我和母亲打车回了公寓。母亲在车上说：

"那个人原先在宗右卫门町一家叫作'小菊'的酒吧上班。她不乐意陪酒，就跟你爸爸说想学门手艺谋生。你爸爸说，学西式裁缝就不错，还关照了她不少。从那以后他们就搞在一起了……"

小菊是父亲常去的酒吧。女人买了台缝纫机，目前就在公寓里靠针线活度日。

"养了个吃软饭的老男人，她也够倒霉的。"

母亲笑着说。

父亲三天后恢复了意识，但右半身麻痹了。最初几乎都是那女人照顾他，但过了些日子她就不常来了。后来她借口有工作，不再到医院去，母亲和我便轮流照顾行动不便的父亲。他口齿不清地大声喊叫，还用他能动的那只手乱扔东西，很是打扰了同病房的患者。我问他到底在生什么气，父亲嘶哑地喊：

"三角啊、三角啊!"

我不知道"三角"是什么意思。他还是眼角含着泪，胡乱地喊着"三角啊、三角啊"。有一天女人忽然来了，提了个大果篮。

"我晚上总是加班，爸爸，我下次再来。"

说完就匆忙走掉了。我想把女人之前落在这里的空钱包还给她，就追到了医院门口。有个似曾相识的男人正站在那里。是个四十五六岁的身材高大的男人，一周之前，他跟父亲住在同一个病房。女人和他一起走了。我觉得很难过，就那么坐在门诊的候诊室里。那男人把妻子留在九州，自己出来工作，但患了急性肝炎，被送进了这家医院。我不晓得这两人什么时候混到一起的，但父亲应该是察觉到了。

"三角吗……"

我叹气般地自语，在嘈杂的候诊室里坐了很久。那之后父亲闹得越来越厉害，医院为了不影响其他患者，就不再收治他了，说有个更好的医院愿意接受这类患者，让我们转院去那边。那里虽然有点远，但实行全程护理，费用也由国家负担。不过那是一家精神病院。我们把父亲搬上医院派的车，转到了 S 医院。我和母亲都是到了以后才知道这是家精神病院，但也想不到其他办法了。最主要的是，我们没钱。

虽然母亲让我一大早就过去，但我睡醒时已经快中午了。我吃了片面包、喝了口牛奶就去了大阪站，在那里坐地铁到难波，再换乘南海电车。沿线到处是盛放的樱花，花瓣在阳光下飘落着。望见像是校舍的建筑后，又总能看到校园里的樱花。我隔窗看了一路的春日与樱花，到 G 站时已经快一点钟了。在车站前，我搭上了公交。它经过闹市街，沿着车流不息的国道往西驶去。车上人很多，我抓着驾驶席边的扶手站着，茫然地望着前方。路边有许多田地，也能看到油菜田。公车绕过一个大水塘，开始爬坡。公路随着平缓的曲线不断升高。这时，一面红色的小旗闯入了我的视线。有人正大力挥动着它，示意公交车停下。是个穿着与公交司机相同制服的年轻男子。那人止住公交车，又敏捷地跑回到他原来的位置，拦住对向驶来的车辆。这段路有一处十分窄，公交车要通过，对向的车辆就必须停下来等待。这位拿着小红旗的青年就是为此而来。确认那边的车已经停下后，他便朝着公交挥起了旗子。公交车响了声喇叭，开动了。青年笔直地站在路边，笑着朝公交司机抬手敬礼。身上的制服太大，袖子过长，他半只手都被遮住了。他大概整天都站在路边指挥交通，皮肤都被太阳晒得黝黑。

我在下坡下了车。微微隆起的小丘一直延绵到田野的那一边，S医院就在这小丘之上。我走得汗流浃背，便脱了毛衫。医院围着蓝色的栏杆，楼栋的窗上也都安了铁棂。给患者劳动用的菜地一直拓到了病房楼后面。在入口接待处说了名字，护士长马上就出来了。她带我到了长走廊尽头的一个小房间。走动时，她腰间挂着的那串钥匙就响起来，在这静寂的建筑中激起冷冽的声音。左侧是普通病房，没有钥匙是进不去的。父亲的遗体被安置在右侧那个没上锁的屋子里。母亲正坐在房间角落的长椅上打盹。我掀开布，看了看父亲的遗容，又去摇醒了母亲。

"要去办事处开一个火葬许可。"

母亲眼睛发红，说道。她考虑一番，最终决定先在这里火化，葬礼则等回家后再说。死后二十四小时内不能火化，所以还要等到明天早上。

"昨天下午六点钟死的，等到今天六点，火葬场就关门了。"

也就是说我必须陪着父亲的遗体再过一个晚上。

"殡仪馆的人马上就来了，总之要先入殓。你去这边的市政厅拿火葬许可吧。"

母亲大约是整晚没睡，语气都很憔悴。我到医院办公室拿了死亡证明，又问了去市政厅的路线，走下医院前的坡道。还要坐公交到G站，市政厅离那里不远，走几步就到了。在公交车上我又看到了那面小红旗。车上空荡荡的，我在座位上隔窗看那个穿着公交公司制服、戴着帽子的青年。这次离他的距离更近了。看起来他跟我年纪相仿，身体矮胖，脸像块圆面包。他就笔直地站在路边，一丝不苟地盯着公交车驶来的方向。一旦看到公交车，他便立刻朝对向的车辆挥动小旗。他拼命挥动，力气大得像要把那面旗子甩掉，好像这里发生了什么事故一样。公交车经过那段窄路时，我挪到了靠后的位子，看着那青年越来越远的身影。他确认公交车平安通过后，便朝对向的几辆来车深深鞠躬。

在市政厅拿到火葬许可后，我又乘公交车回 S 医院。为了看到那个公交公司的青年，我故意坐到了靠右的座位上。我从没对一个人有过这么强烈的兴趣，也从没见过如此般毫不掩饰地努力工作的人。公交车驶上坡道时，我立刻欠身去看，看到了那面小旗，也看到了青年的矮胖身影。他的长相可谓有些滑稽，而那张脸上的小眼睛则绽放着光芒。他全神贯注、拼命地挥着小旗。

我回到了病房。两个男人正在帮父亲擦拭身体，准备入殓。我开始以为那是殡仪馆的人，但后来发现他们也是患者。护士正逐一教他们操作顺序。

"哇，伊藤先生擦得很认真呢。"

那个叫伊藤的老人有些害羞地笑了，更加卖力地用毛巾擦着父亲那僵硬身体的各个角落。

"寺田先生力气大，等下入殓要加油哦。"

戴着厚厚眼镜的五十多岁的男子应声点头，脸上分明写着"我明白了"。他们因被分配到工作而开心，欣喜地做着这种常人绝不愿做的事情。我和母亲站在门口，看着父亲那瘦削的、遍布青黑色斑点的身体。

"这里就交给我们吧。你们可以找地方休息一下。昨晚守灵很累了吧。"

护士这么说，我和母亲便走到了医院的庭院中。花坛里的花大概是病人们种的，春花正开，到处都能听见蜜蜂的振翅声。医院建在山上，院子的长椅一带视野很好，能看到春霭尽头那不知名的山脊，能看到桃红色的原野、河流和民家。

"为什么田野是红色的？"

我没想问谁，自言自语地说。

"莲花开了啊。"

母亲回答。她轻松地说：

"天气真不错啊……爸爸也没想到自己会死在这偏僻的精神病院里吧……"

我也正作此想，便答道"嗯，是呀"，然后佯作笑容，朝花坛看去。很长时间，我和母亲就在那里一言不发地晒着太阳。这时护士带着几名患者从前门出来了。似乎都是些症状较轻或者性情温和的病人，前后各有两名护士跟着，要去散步。其中也有帮父亲擦身的两名男子。一个病人欢快地说：

"这家医院的建筑还蛮现代的嘛。"

其他患者应声说：

"可终究是精神病院嘛。想到自己在这里住院，就觉得丢人。能不能把牌子里的'精神科'几个字给去掉呀。"

"没办法啊。毕竟我们的脑子出问题了。"

护士说："好了，大家排成一列哦。"病人们像小学生去远足一样，听话地排好队，走出了医院。

"聊得还挺开心。"

母亲小声说，久久地盯着那伙喧闹的背影。我突然想到，那个挥着小红旗的青年难不成也是个疯子。虽然穿着公交公司的制服，但他似乎不是保安公司派去维持交通的警卫人员。这么说，这个人可能是公交公司雇来的，目的就是保证公交车的安全行驶。

母亲说饿了。医院里没有食堂，附近似乎也没有能吃饭的地方。我想起坐公交时在坡道前看到过一个小寿司店，就跟母亲要来钱，一个人不紧不慢地往下坡走。等走到公交车线路上，就看到不远处的寿司店招牌了。我买了卷寿司和稻荷寿司，叫店员帮我装到纸盒里，又朝医院的反方向走去。我想在旁边看看那青年工作的样子。我一只手提着盒子，另一只手拎着脱下的毛衫，顺着车来车往的公路往上走。

青年正在路边纹丝不动地伫立着，看着公交车驶来的方向。我站在离他有段距离的一株银杏树下偷看。两个方向都没有公交车来。这段时间不需要做事，他本可以在路旁坐下休息，但他仍旧一动不动，单手握着那面红色的小旗站在阳光里。我觉得他长得有点像某部漫画的主人公，正要仔细回想是什么漫画，就见他猛地挥起旗来。坡道顶端，一辆公交车正在阳光下熠熠生辉。青年的动作实在太过激烈，对向的来车看到停车信号，忙踩了急刹车，司机正探头出来。而他倾尽了全身的气力和精神，完成了自己的工作。每当小红旗挥动的时候，我就忘却了一切，注视着他的身影。这时候，我忽然为父亲的死感到无可抑止的伤悲。没有来见他最后一面让我痛悔不已。走在回医院的路上，那面褪色的红色小旗就在我的心里赳赳地翻飞着，永无止歇。

# 蝶

　　国营电车高架桥的下面有几间店铺，都是些类似专门批发工作服的店啊，卖汽车旧零件的店啊，还有不动产代理店。其中还有一家叫作"蝶"的理发店。我这里隔窗就能看到店前那红白相间的旋筒，还有写着"蝶理发"字样的小招牌。从我的房间只能看到在高架上行驶的电车、高架下的几家店铺，还有那前面的公园。公园里有一株不大的樟树，枝叶正茂。日暮的时候，秋千啊、跷跷板啊，还有那些做成大象、狮子形状的儿童座椅便被夕阳拉长了影子。国营电车围着大阪的中心绕了个大圈，而位于其沿线的这个杂乱的街区里，总能听见孩子的喧嚷声和自行车的刹车声。

　　有电车驶过的时候，那震动甚至会传到隔了一个公园的我的房间来，所以我常常想，高架下面的店铺必定是被强烈的轰鸣声包围着。于是，从未去过的这家蝶理发店的内部情形便自然地在我心中浮现了——懒于经营、胡茬乱长的店主正独自好整以暇地看报；狭窄的店里摆着两把理发用椅；周刊杂志、漫画书堆着；等候区的桌子上摆着铝制的烟灰缸和廉价的火柴盒。电车一过，装洗发液、生发剂的瓶瓶罐罐，还有梳子剪刀便随之轻颤起来，地上的发屑也跟着跳动起来，在地板上时聚时散。五分钟后，对向的车又来了。若是在客流高峰的时段，每隔两分钟，屋子就要摇动一回，店主只需把剃刀放在客人的脸上，靠着这震动就能自动给客人刮脸了。客人怕了，就没人敢再去了。毕竟街上还有许多服务更加殷勤、环境也更加整洁安静的理发店。

　　窗外时有电车经过，我想象自己在蝶理发店中剃须的情形，感受着脖颈和下巴一带的战栗，在屋里游目四顾。当末班电车像一道蓝色的闪电在黑暗中划过之时，理发店里的灯光有时会突然亮起。我总是在这个时间段上厕所，然后锁门、拉窗帘，钻到被子里。但当我躺着伸了两三次懒腰、闭上眼睛准备睡觉时，不知为何就会很在意蝶的灯光，神志也清醒起来。半夜一点钟还在给人理发吗？这么想着，我又起身隔着窗帘的缝隙窥视过去，但店里似乎感觉不到有人的样子，只有那盏灯在高架桥下静静地照着。许多时候，它会一直亮到黎明时分，在我迷迷糊糊地睡着又再次清醒过来的时候灭掉。

　　周六晚上，和我同栋公寓的津久田带着一盒冒着热气的烧卖还有罐装啤酒来了。他原先是汽车修理工，半年前辞了职，之后就靠着柏青哥、麻将和赛马之类的赌博过活。不知真假，听他说靠这些也能赚够每个月的生活费，之后两三年就准备这么不务正业地继续玩下去了。

"生意怎么样？车卖得还行？"

津久田自顾自地进屋，把烧卖和啤酒放在了我那张贴着塑料饰板的廉价桌子上。虽说被他打搅了，但我还没吃晚饭，也想吃一点烧卖。这是从车站前的那家很小的中华料理店买来的，是他家的招牌货，还有人为此远道而来。

"汽车快到换版型的时候了，最近没什么生意。"我说道。

津久田说想在我这里买辆车。

"能不能用最少的首付搞个贷款啊？我一年能还清。"

"没有固定收入的话贷不来啊。"

过去我被这种手段骗过一回，便这么不客气地回答他了。当时那人只交了首付金额就签了约，之后就开着新车消失了。这不算什么高明的骗术，因此成功率倒也不高，加上二手车店不会收购很新的车，骗子处理赃物也很麻烦。汽车公司这边则会立刻报警，很快就会将其捉拿归案了。但卖出汽车的销售员要被上司狠狠训斥一通，追回的汽车也不能算新车了。虽说是交了首付金，但还是会造成蛮大的损失。

"没有固定工作还是不行啊？"

津久田嘴里嚼着烧卖，满不在乎地说。

"公司那边不好办嘛。"

"你到这个汽车公司几年了？"

"八年了。"

"卖车就卖了八年啊？不烦吗？"

"又不是只有我一个人这样一成不变地过日子嘛。鱼店每天就是卖鱼，理发店不也是每天给人理发吗？"

"嗯，也是。"

就这么有一搭没一搭地聊着天，津久田忽而皱起眉朝窗外望去，说：

"倒也有那种一个月里一半时间都在关门的理发店呢……"

"蝶？"

津久田喝光了罐里的啤酒，站起身，叫我把剩下的烧卖吃掉。他穿上鞋子，问道：

"你去过那里吗？"

见我摇头，他嘟囔了句"那里闹鬼"，就走了。

我把锅里的剩饭盛出来，就着烧卖吃了。父母家离我极近，我一周三天过去吃饭，剩下基本都是在外面吃，但有时也会心血来潮，去超市买些肉啊鱼的，自己做饭。母亲也曾劝我一起住，但兄嫂住在那边，又生了孩子，家里并没足够大的空间。我三十三岁了，仍然单身，在家里也住不下去，便到附近的公寓里租了个房间。

"闹鬼"又是什么意思呢？我把碗盘放到水池里，打开窗户，探头朝公园对面望去，看到了理发店的旋筒和灯光。这家店没有任何招徕客人的东西，只有转着的旋筒才能让人勉强分辨出这是家理发店。只看"蝶"这个店名，还以为是家咖啡馆或小吃店，而且还是没什么客人、快要倒闭那种。我伸手摸了摸自己的头发，感觉确实该理了，就蹬上拖鞋出了门。我都是去公司附近的理发店剪头发，不过既然在意起了蝶理发店，就想着去这店里看一看。见一见店主的模样，大致就能推测他的技术了，如果遇到电车经过的那种危险情况，以后不再去也就是了。我忽而觉得会发生什么有意思的事。夜晚店里的灯光也好、津久田说的"闹鬼"也好、"蝶"这个店名也好，似乎正散发着神秘，在向我招手。

我穿过公园走到高架桥下。汽车零件店和工装店都关着卷帘门，只有蝶理发店和它旁边的烤串店开着。我靠近玻璃门，正要朝里面看，门开了，一个穿着白色工作服的男人探出头来。他看到我，有些慌张地说："欢迎光临。"

"现在方便吗？"

"是，现在没客人。"

倒也不必问，两把理发椅上并没有人。不过店主并没有我想象中的长胡茬。他看着比我要小五六岁，很年轻，店里也都是些干净整洁的装饰。话都说了，也不好再回去，我便坐到了椅子上。年轻的店主说：

"不好意思，我马上就来。"

然后出门跑去什么地方了。这里虽然能听到头顶有电车经过，但也没有我想象的那般剧烈。是一种轻轻的声响从椅子的底部渐渐攀升，让人的臀部有了些麻痒的感觉。而侧耳倾听时，能听到什么地方有微弱的金属碰撞的声音。这店到底哪里闹鬼呢？我正这么想着，在镜子里看到了自己的身后——我顿时屏住了呼吸。墙上挂满了各色各样的伸展着翅膀的蝴蝶。我坐在椅子上，扭过头去仔细观察它们。正方形的木盒子像围棋盘一样，在墙上摆得端端正正，每个盒子里都有一只蝴蝶的标本。我站起来靠近墙壁看，其中既有那种绿色的大蝴蝶，也有白色的、翅膀上有红色斑点的小蝴蝶。蝴蝶都是被一颗大头钉固定住，下面还贴了写着蝴蝶名称的纸条。我从墙的那端一只一只地凑近去看，一边念着蝴蝶的名字，一边在自己身上摸索着香烟。这时店主回来了，撕开手里的纸包，里面正是几盒烟。他抽出一支递给我，边找火柴边说：

"请吧。我刚买来的。"

客流高峰时段已经过了，一辆电车驶过后，很快对面方向就会有车过来。脚下的地面如蜂振翅一般，一直在低吟着。而头顶的车一过去，就让人出现一种错觉，似乎店里变得更加安静了。年轻的店主拿着遮盖身体的大围布站在那里，似乎是在等我吸完烟，我便把尚未吸完的长长的香烟捻灭，坐回椅子上。

"那些都是你自己抓的?"

"嗯,是的。"

"好漂亮啊。一共有多少?"

"这里是四百二十只,家里差不多还有两倍。"

我不时去注视他那青筋浮现的手,绷紧了身体。这里的灯光够亮,地板扫得也很干净,看不到堆积的头发。不过,镜子里映出了我身后的标本,让我陷入了一种错觉——我被完全埋在了无数的蝴蝶尸体之中。

"要怎么理?"

"啊,就这个发型,帮我稍微修一修。"

他用一只手梳了几遍头发,动起了剪刀。我感到有碎发落在肩膀上。

"没想到是这样的店呀。"

他停下来,盯着镜中的我。

"从外面看的感觉与里面的样子差得太多了⋯⋯"

他认可般地微笑着,问:

"感觉还行?"

我觉得他是在问我脖子围得是否太紧了,便回答说:

"稍微有点勒。"

他把梳子和剪刀装进工作服的胸兜里,双手松了松我脖子上的围布,说:

"不,我是说这些蝴蝶。有时会遇到很讨厌它们的客人。"

说完又看着镜子里的我。他的脸很瘦削而柔和，目光看上去却有些神经质。我意识到自己觉得店里的照明有些昏暗的原因了。因为光照集中在了理发台附近，并没有充分照到身后的蝴蝶标本，所以它们的周边都笼着一圈阴影，让蝴蝶那色彩鲜艳的光泽反而呈现出一种黑色——就像是把所有颜色的燃料混合而成的黑色一样。在这狭小的理发店中，那精致纹样下的暗影与汇集的光束之间的沟壑造就了一种令人目眩的黑。

"姑且留得比较长，哪里不满意您就说。"

他改用牙剪，说道。

"我还以为电车的声音一定很吵，但这里意外地安静啊。"

"不过，蝴蝶翅膀的颜色却渐渐变淡了。"

他回过头，注视着那足有四百二十只的蝴蝶尸体。我想，每天从上方通过的电车该有相当多吧，大概每次都会从蝴蝶翅膀上震落微量的鳞粉。

"我也不想放在这里，但也没有其他地方可放了……"

虽然是周六的晚上，但完全没有其他客人上门。镜子里钟表的数字和指针都是反着的，我一时难以判断时间是没到八点还是刚过八点，不过都是到了理发店拉上窗帘的时候了。若是其他店，这时候排队的客人已经坐在长椅上边看电视里的夜场球赛边等了，而蝶理发店这里只有我和年轻的店主两个人。

"这里夜里有时候会亮着灯呢。"

我说我就住在对面那栋叫作"美幸庄"的公寓里，又问他那么晚的时候在做什么。

"啊，各种事吧。有时候是做标本，有时候是打扫这里的标本盒，或者换驱虫药什么的。"

"有时我想过来理发，但很多时候都关着门呢。"

我稍微撒了个谎。习惯下来后，坐在店里的理发椅上，我有了一种奇妙的舒适感。我想起自己小时候，在天王寺还是哪里的博物馆看到过许多蝴蝶标本。我似乎听到了馆里回响的自己的声音，而与店主的对答声却变得愈发遥远了。

"也有一个月里完全不休息的时候，不过有时候也整月不开门。客人好像也觉得我这里不靠谱。"

"是去旅行采集蝴蝶了吗？"

"这个时候基本是不去的。"

"倒也是。都抓来这么多了，全日本也剩不下几只了吧。"

他低声说"刮脸"，轻轻放倒椅背。刮脸的时候，两个人都没有说话。我闭着眼，回想着小时候在树林中见过的碧凤蝶那翩然的身姿。他用热毛巾帮我擦了脸，涂了乳液，又说：

"没办法，有时候同一种类的蝴蝶就有二十只。这里的几乎都是小型种，还有许多你没看到的大家伙。"

说完，他从墙上摘下一个标本盒：

"这是大凤蝶的变种。就这一只，却花了我三年时间。"

"三年？……"

"为了找它，我在山里转了三年。是变种，轻易看不到的。那时候算是运气好。"

"你什么时候迷上蝴蝶的？"

"小学三年级的时候。八岁吧。"

他问我要不要洗头，我说不用。我准备理完发回家里洗澡。他又帮我刮了后颈的毛发，再用硬毛刷仔细地掸去碎发，还用热毛巾擦了几次。他的工作很细致，店里也拾掇得相当洁净，我觉得客人少还是因为他歇业太多了。如果他能专心工作，客人一定会增多的。

"不过想发现要找的蝴蝶，还是相当需要毅力的。"

他笑着接过我递给他的一万日元纸钞，到里面架子上的手提箱找零钱。零钱似乎不够，他说去换钱，出门了。店里剩下了我一人，我便又去看那群蝴蝶。艾雯绢蝶、白绢蝶、青凤蝶、琉璃蛱蝶、黄缘蛱蝶、孔雀蛱蝶……二十厘米见方的木盒子上都盖着玻璃盖子，里面都有一只伸展着翅膀的蝴蝶尸体。贴在蝴蝶下方的纸条上写着它们的属名和种名，还有采集的日期和地点。我正念着蝴蝶的名称时，发觉有电车驶近了。在那种并不强烈的震颤的持续中，我看到蝴蝶的翅膀一齐动了起来。我等着下一趟电车到来。虽然觉得店主很快就会回来，但我仍希望在这之前再有一班电车驶过。我屏着呼吸，一会儿看看门那边，一会儿又在镜中看看蝴蝶。店主还没回来，对向的电车来了。震动开始后，我交替观察着墙上和镜中的蝴蝶。低鸣声从脚下上升，店里更加阒寂了。蝴蝶微粒般的眼睛上摇曳着光亮，宛若重生一般地振起翅来。缀在淡黄色翅膀上的红色花纹在颤动，混合着绿与黑的颜色在颤动，深黄色的纹理在颤动。

店主回来了。他数出八张一千日元的钞票，道声谢，递给我。出了店门，我如释重负，有一种屏息太久、坚持不住后终于开始呼吸那瞬间般的快意。

那以后，六月底和七月底我又到蝶理发店理过两次发。很难得地，固定休息日之外的日子都开门营业了。每次我从公司回来，都能看到那里的旋筒在转着。这时我会摸摸自己尚未长长的头发，犹豫着走进公园。我对店主颇有好感，也很羡慕他能够把工作和其他事情彻底丢在一边、随心地出外寻找蝴蝶的状态。而且，蝴蝶们随着电车的震动而重生的瞬间，心中的那种悸动也很让我沉迷。我也喜欢在夜里凭窗眺望高架桥下熄了灯的蝶理发店。高架桥那满布煤烟、灰尘和干枯青苔的脏污的混凝土外壁下，正潜藏着数百只裹着闪耀鳞粉的蝴蝶——这种想法给疲于推销汽车的我注入了生命力。不知为何，我也有一种重生的感觉。

蝶理发店一直营业到八月五日。六日夜里路过时，我看到门把手上挂着"临时停业"的牌子，之后几天也都没营业。盂兰盆节假期到了，天气又格外热，我也把带薪休假和夏季休假并在一起，放了个小长假，和同事去了海边。回来的时候，理发店还是关着。九月过了，十月也过了半，那里仍没有营业。我本以为店主是外出采集蝴蝶去了，但慢慢觉得，也许他病了，正卧床不起，抑或是由于客人太少、赚不到钱，他便关掉了店。若是倒闭的话，看一看店里的情况就能明白了。我出门买烟时就顺路去了一趟。隔壁的烤串店这天正好休息，我便借着公园里水银灯的光朝店内望去。玻璃门和旁边的玻璃窗内都拉着白色的帘子，但能隐约看到理发椅的轮廓，也能看到镜子把室外的淡淡的光亮反射在了天花板上。帘子的缝隙间，露出了那整整齐齐挂在墙上的四百二十个标本盒。玻璃盖子全都反射着微光，覆住了里面的蝴蝶。

"请问……"

我正朝店里窥伺，就听到耳边有人说话。我吃了一惊，连忙回头看去，就见一个身材矮小、十分瘦削的老人站在路边。他走过来，很客气地说：

"请问您来这家店有什么事吗？"

"没，我总在这里理发，但休业太久了，有点担心。"

"啊，是这样。我也是因为这个，这两三天每天晚上都过来，犹豫着要不要打开门进去看看呢。"

老人是店主的公寓管理员，他弯着腰朝昏暗的店里看，说道：

"他走的时候，我问是不是又去捕蝶，他说要出去十来天，还很有精神地道谢。嗯，以前也有出门十天、二十天的时候，不过这么长时间没有音信倒是头一回。我总觉得有些不安……"

老人说自己用备用钥匙打开了店主的公寓房间，把屋里挂着的店门钥匙拿来了。他说想进去看看，问我能不能在场看着。见我应允，老人便打开锁，拉开了玻璃门。由于盛夏里一直关着门，店里充斥着一股恶臭。理发店的那种特有的味道被闷出了一股腥味。打开灯进屋后，老人在店里看了一圈：

"我说，您要是去这个人的公寓房间看看就知道，那六叠的小单间里究竟有多少蝴蝶啊！"

穿过车站前的闹市街，再走五分钟就到那栋公寓了。老人低声说，三年前店主在那里租了房间，他从未拖欠过房租，也从没带女人回来过。

"我担心的是，他会不会追着蝴蝶，掉到什么地方的山谷里了啊。"

"但是，这怕是最可能的猜测了。"

"您也这么想吗？"

老人瞪着小眼睛仰视着我。我在店里走了一圈，看了看两个多月没有用过的理发椅和等候桌。镜子前的桌上，装着梳子、剪刀的塑料容器上面已经落了一层薄薄的灰尘。我觉得那些蝴蝶似乎也有些褪色，可能是玻璃盖有些脏的缘故吧。

"是不是报警比较好？"

老人问道。

"他有什么家人吗？"

"家人……"

"父母兄妹之类的。先通知他们比较好吧。也许能知道他在哪里。"

"啊，是的。他说过母亲和妹妹在冈山。我老伴儿也许知道联系方式。"

老人的自行车就停在不远的地方。我们关上灯、锁上门，离开了店里。老人走到自行车旁又折了回来。

"如果联系他的家人后还是不知道他的去向，那时怎么办呢？"

"那就报警吧。他说过要去哪里吗？"

"他总是出门，我也没有问。我只记得他确实说过十天左右就回来。可都过去两个月了……"

老人想了一会儿，说：

"不行，这可麻烦了。那个人怕是出事了。"

看着老人蹬车消失在对面的黑暗中，我转身穿过公园，走到自己的公寓楼前，正好遇到了津久田。他在网球衫外面披了一件黑白格子的西装外套，嘴里喷着酒气，看到我，"哟"了一声，朝闹市街那边走去。我忽然想起他以前跟我说蝶里面闹鬼的话来，便叫住他，问这个缘由。津久田用无名指抠着眼屎，不耐烦地说：

"晚上，蝴蝶会飞。"

"啊？"

"好像附近的孩子看到了。店里没人，黑暗中，有很多蝴蝶在飞。"

"真的？"

"传得挺神，还有人专门去看过。不过死掉的蝴蝶肯定是不会飞的嘛。"

"然后呢？"

"没了。就听说了这些，不过后来也时常有人说在窗边看到过蝴蝶飞。这家店真恶心啊。附近的人都不乐意去。"

当天夜里，我比往常躺下得都要早，却睡不着，想象着一具抓着捕虫网的尸体躺在某个深山谷底的样子。辗转反侧中，又到了末班电车的时刻。外环线电车驶过的时候，我爬起身，在睡衣外披了件开衫。离内环线末班车经过还有七分钟。我出了门，往蝶理发店那里走去。拖鞋和脚掌间进了沙子和小石子，我只好在公园的出口停下，用手掸去它们。脚掌已经被汗水濡湿了，手心也有些发潮。我用额头抵着门玻璃，凝视着店内。与上次一样，光线仍留映在天花板和标本盒的玻璃盖上。抬头往高架桥那边望时，我看到内环线电车上的探照灯光正从夜空的下方爬升而起。我把双手、额头、鼻子全都抵在了玻璃门上。围成一个巨大圆形的水泥墙壁开始发出含混的嘶声，标本盒的玻璃盖颤响起来。

## 不良马场[①]

在梅雨里走了大约十五分钟，就望见了那栋看上去像是医院的白色建筑。换乘从西宫北口站驶往宝塚的阪急电车，只需坐一站路——尽管如此，从满员的电车里挤出来的时候，他单手提着的蛋糕盒还是被压扁了。虽然很在意盒里的情况，想确认一下，但他另一只手撑着伞，也只好就这样走过去了。

去年秋天，同样是一个下着雨的周日，花冈勋也曾提着蛋糕到这里来探望同事寺井隆志。雾雨霏霏，扑在他的脸上肩上。走着走着，他忽然心生怯意，最后没见到面就回去了。但他今天无论如何都要见到对方。

这天是休诊日，正门关了。有张纸贴在那里，上面说"探病人员请走这边"。按照箭头的指示绕到医院侧面，有

---

① 日本将草地马场按照含水量分为四档：良马场、稍重马场、重马场、不良马场，其中不良马场的含水量最高。

一扇似乎很坚固的铁门正敞着。花冈收起伞，雨珠从房屋的间隙啪嗒啪嗒地砸下来，重重地打在他的右肩上。医院旁的小花坛里是开过了的、几乎都已枯萎的黄色郁金香，浸满了雨水，一片凌乱。

不一会儿，雨水就浸过衣服，渗到皮肤上了。冷冷的空气纠缠着湿气，沉积在医院走廊里。售冰机亮着灯，能听到里面微弱的震动声。阴暗走廊的一角杂乱地扔着些拖鞋，花冈从中挑了一双看上去最新的换上。然后，他看了看那台售冰机——这专属于医院的机器，正立在那毫无生气的微亮里，泛着朦胧的光。

售冰机旁边是楼梯。两名年轻的女护士正大声笑着走下来。花冈询问寺井隆志的病房，护士指着长长走廊的对面说：

"那个是结核病房，请戴上口罩再进去哦。"

"口罩？"

"嗯，您要是没带着的话，请在这里买。一袋是一百日元。"

花冈被领到护士值班室，买了口罩。钢筋混凝土的建筑显得簇新，旁边那栋木制的结核病房虽然刷了白漆粉饰，但由于十分老旧，每踩上一步都会嘎吱作响。寺井的病房在走廊尽头。门口挂着六张患者的名牌，上面的字迹很淡，几乎难以分辨。他从塑料袋里取出口罩，调节了一下带子的长度，套上耳朵。

花冈轻轻推开门，正往病房里窥视，就听到门边的床上有人"哟"了一声。虽然戴着口罩，还是一下子就被认了出来。寺井正从床上起身，朝他挥手。

"你还买了这玩意儿啊。"

花冈把口罩拉到下巴，坐在了寺井递过来的小圆凳上。

"不戴不行呀。"

"是呀，因为是厉害的传染病嘛。嗯，有的护士是很啰唆，不过有的也不那样。这间屋子里的人都没什么大碍了，都是没有传染性的患者。"

"那，也能出门?"

寺井"嗯嗯"地点头，一个劲儿地摸着下巴上青黢黢的胡茬。

"到关西出差，还是挺难得的嘛。"

寺井的话里似乎有些讥讽的意思，花冈抬手摸着头，抱歉地笑了笑。

"虽说三个月左右就来一次吧，可总会遇到些杂事，抱歉了。也是，只是来看看倒也不是完全做不到……不过，这次不是出差，是调职。"

"没事没事，别介意。上班族就是这样，觉得有时间，但实际上又没有。"

枕头旁边有台小电视，上面摞着几本周刊。花冈把提来的那盒蛋糕放在杂志上，解开包装纸往里看了看。总共买了五个蛋糕，有三个被压扁了。

"电车里超挤啊，明明是周日，下个车还那么难。"

"今天有赛马。"寺井大口地喘着气说道。他每个词都拉得很长，听起来像是很疲惫的人在说话。

"离这儿两站地有个仁川站，阪神赛马场就在那里。"

同屋的患者们都没有特别在意花冈，都是各随己意，或是在床上躺着，或是看报，或是戴着耳机看电视。寺井临床的年轻男子在床上趴着看漫画，这时突然叹了口气，翻过身来，枕着双手往天花板上看。那里贴着几张裸体写真。这人相当胖，然而脸上没什么血色。不过，仔细看其他患者，所有人都是一副不喜不忧的样子，也看不出有什么毛病。但这里也没有什么明亮的事物——不仅是患者，连同这整间病房都是如此。四处剥落的灰泥墙壁和天花板也好，每人枕边放着的茶杯、筷子盒和酱油壶也好，或是挂起来的换洗用的睡衣，或是床间遮断用的发黄的隔帘，或是被玻璃窗反射在房间北侧的光……到处都看不到能够算得上鲜亮的东西。

寺井也是一副没有精神的样子，回看着花冈。他就在这样毫无光泽的房间里卧病了两年，花冈觉得他目光黏腻，有点害怕。

"是不是有点像什么地方的工棚？那种全是男人的。"寺井朝病房里看了一圈，说道。

"我以为会是那种有刺鼻的药味儿和消毒水味儿，而且特别安静的地方呢。"

病房里充斥着一种类似肮脏的食堂后厨的味道，不知道是从哪里飘来的。寺井听了花冈的话，冲他微微笑了笑，随后一本正经地问道：

"你要去纽约？"

"啊，你听谁说的？"

"前几天远藤来看我。他说的。"

远藤是他们所在的 F 商社总公司的重机械部部长，也是寺井夫妇的媒人。

"什么时候去？"

"下个月三号。"

"我也想去啊……怕是不行了。"

如果没生病的话，寺井大概早就携妻佑子到纽约的分公司赴任了。按公司的惯例，调动到海外的话最少要三年时间才回国，公司会提供位于曼哈顿郊区的宽敞的高层公寓给年轻的夫妻居住，让他们在那里享受美国生活。

两年前的四月，寺井隆志从东京的总公司调到了大阪分公司，也有近期将赴海外任职的意思。年轻职员都不知道公司为什么要按这样的流程安排，不过，从总公司重机械部到大阪分公司重机械部、数月之后到纽约分公司，这样的流程对于处在特定晋升阶段的年轻人而言是必经之路。

"说什么丧气话啦。只要身体好起来，机会有的是嘛。"

实际上花冈也确实这么想。与过去不同，如今结核是能治好的病了。虽然花冈常从寺井的妻子那里听说他的病情，但还是问：

"已经好不少了吧？"

寺井指着自己左胸的正中央，用干瘪而缓慢的声音回答说：

"这里，还有个一日元硬币大小的窟窿。之前有十日元硬币那么大，算是稍微缩小了些，不过再之后就没变好也没变坏了。这东西真顽固啊。"

墙边排着三张床，窗边也是三张床。这时靠墙正中间的床上，那个一直背对他们盘腿坐着的中年人拍手喊了声好，随后摘下收音机的耳机，转头朝寺井这边大声说：

"第五场，二拖三①啊。我就说吧，就这么押，翻了二十三倍！"

"哇，厉害啊。英你买了？"

寺井的语气沉静而温柔。花冈习惯了他以前那种盯着别人的弱点步步进逼般的嘲讽语气，这时不仅觉得诧异，同时还生出一股不祥的、落寞般的感觉——自己两年都没来探病，这个人居然一直面带微笑地接受着友人的虚伪——花冈陷入了这样的情绪中。难道寺井已经知道了自己和佑子的背叛吗？花冈甚至开始胡乱推测起来。

"就只押了这个呀。"

———————

① 赌马押注的一种方式（即后文中的"连胜复式"），猜前两匹抵达终点的马（这里是二号和三号）为前两名，不论其先后。

被称作"英"的男人开心地笑起来，张开了一只手。他少了两颗门牙，露出里面发黑的舌头。那个望着裸体写真的青年对他说：

"这样的话就更戒不掉啦。今天赚来的，以后会成百倍地赔掉哦。"

"岂止百倍呀。"

男人重新塞上耳机，打开了叠得小小的赛马预测报纸。

"马票是怎么买来的？"花冈小声问。

寺井指指门外，说：

"用那里的公用电话，托酒馆的人买的……之前住院的一个人辞职去开了酒馆。总是开着辆外国车来收钱呢。"

那位英似乎听见了寺井的话，阴恻恻地笑着，朝花冈说：

"他还睡着呢，那家伙开着辆红色的凯迪拉克来，一下把被子给他掀了。"

"不是凯迪拉克，是福特野马啦。"

寺井斜眼看着英，嗤笑着说。一旁的青年强行插话道：

"我之前看了看那家伙车里的储物箱，里面堆的全是药。那家伙完全没吃啊……我看他过段时间又要吐血回来住院了。"

"再吐血的话，就治不好了吧。"

英说了这句无心之言后，屋里遽然溢满了寂静——花冈深入肺腑地聆听着这段空寂。连一直微笑的寺井都敛起神色，转眼望着脏兮兮的灰墙那边。

"出去走走？"寺井说。

"出去？可以吗？"

"啊，院长也说过，偶尔可以到那边散散步。"

"下着雨呢。"

"没关系。"

寺井麻利地脱下睡衣，穿上裤子，套上了一件灰色的网球衫。他又拿起一件同样颜色的夹克衫，对那个青年说：

"三十六度三，脉搏七十八，咳和痰各五次。拜托了。"

"大小便呢？"

青年无精打采地问。

"就随便说一下吧。"

寺井说完，学了个敬礼的动作。花冈也施礼说，打扰各位了。屋里的五名患者都扭过脸来，对他微微点头。

"三点钟的时候有护士查房。"

寺井说。花冈正迈步出屋，忽然抬头看见天花板上的裸体写真，不由得"啊"地叫出了声。因为上面那个曲腰躺卧在海滩上的长发模特，无论是相貌还是身材，在那一瞬看过去，都很像佑子。和寺井一起走在吱嘎作响的走廊上时，花冈想蒙混过去，便说：

"那个海报上的模特，和我侄女长得好像，吓了我一跳。"

寺井没答这句话，只说：

"那个人，虽然都叫他小健，但他的病是最重的，右肺已经几乎丧失功能了，左肺的上半部分也彻底变白了。哪怕康复出院，右肺的功能也未必能恢复了。"

"还蛮年轻吧？"

"二十一岁吧。"

"他每天都那么看着那海报吗？"

"看那个，要是兴奋起来了，不也是身体在康复的证据嘛。不过听他嘟囔，说完全没感觉。"

"不管是什么样的肉体，每天都那么盯着看，岂止不会有感觉，甚至会烦吧。"

寺井说"是"，但又说："不过呢，他还真的常常会抑制不住地兴奋起来呢。这个病倒还有这种时候。"说着，他一边往护士值班室那边看，一边匆匆地把鞋蹬上。寺井小声地催促花冈，似乎还是对私自外出有些顾忌。

"有的护士很烦人。像个嫁不出去的老妖婆。"

雨更大了。

确定调到大阪分公司后，寺井就赶忙一个人来赴任了。他老家就在宝塚，所以在租到房子之前都住父母家。不过，在妻子佑子要来的一周前，他突然在车站月台上咯血了。

"当时就是犯恶心，觉得胸烦气闷的。来大阪以前总有种感冒的感觉，一直咳嗽停不下来。但完全没想到会一下就变成那样。"

花冈和低声说着话的寺井挤在一把伞下，提防着雨水溅起来，小心地迈着步子。他记起来，还是学生的时候，两个人经常像这样一起翘课往车站跑。虽然基本上也就是去玩柏青哥或麻将，要么就是看电影。那时他们身上也只有这点零钱。而那时候，佑子也还没有出现在他们的面前。

"地铁门一打开，我就推开人群跑出来了。刚出来，瞬间就吐了。一下就闻见血腥味儿了。真的，任你是谁，看到那猩红的玩意儿都会吓懵的。"

到现在还总是梦见呢，寺井说。寺井那低低的声音夹在雨声里，侧耳过去才能听清。

"不过，身体比想象中要好，倒让我放心了。我之前还想，自己怕是会一下子消瘦下去，然后整天都睡不着呢。

"得这个病的人啊，稍微觉得好了一点，就会努力表现得比常人更有精神。都是假的。哎，如今虽说可以治好，但这辈子绝对不能再透支身体了。"

既然现在能治好了，不还是挺幸运的吗——花冈想要这么说时，蓦地语塞了。他觉得这不是一个健康的人该对在那个大病房里生活了两年仍旧无法期待出院的病人说的话。佑子身体的触感在花冈的皮肤上攀爬着。落在伞上的雨声像遥远的地鸣。

走到一家咖啡馆门口时，寺井咂了下嘴，站住了。咖啡馆的卷帘门关着，上面贴着一张"临时休业"的纸。

"这附近就没有其他像样点的咖啡馆了。"

寺井想了一下，说：

"去赌马吧。"

"赌马？"

花冈有点意外，盯着寺井苍白而恍惚的脸。他分辨不出那是肥胖还是浮肿。

"好久没见你了，不知道怎么，就想去一个有很多人的地方。"

"那么多人，没问题吗？"

"现在去的话，能赶上第七场。"

"你什么时候这么热衷赌马了？以前基本没玩过啊。"

"现在也不常玩。差不多一个月一次吧，是那个英拉上我的，图个解闷……你要是不喜欢，别参与就好了。"

寺井最后这句话，仿佛带着那种先冷淡地阻住去路、再不怀好意地慢慢让开的语气——花冈猜度着寺井的邀请之中是否带有什么险恶的意图。若是如此，那么寺井怕是已经知道这一年来自己和佑子之间的那种本应不为人知的关系了。

"你带了多少钱？"

寺井也在掏着口袋，问道。花冈掏出自己的黑皮钱包，给他看了看。

"三万？……我差不多也是这个数。"

他打开对折的纸币，数了数那些面值上千和上万的纸钞，又说：

"两年前我说什么也想不到，自己会变成这种拿着老婆赚的钱去赌马的男人。"

不过，他脸上却露出了高兴而雀跃的神色。

从西宫北口坐车去赌马的人让电车里十分拥挤。站着的、坐着的，所有的人都维持着逼仄的姿势，专注地盯着体育新闻或预测报纸。

"有自行车比赛的时候，拥挤的就是反方向的车了。他们在西宫球场里搞了条赛道。"

"你明明一直在住院，对这些倒是蛮清楚的嘛。还说自己不怎么玩，很可疑哦。应该是经常从医院溜去玩吧。"

"没开玩笑。像我这样品行正直的病人可是很少了。我老家就在这边嘛，之前就是坐这趟车上班的。有自行车赛和赛马的时候，车里的气味也不一样。"

"嗯？是这样吗？"

"大概人种方面多少有点不同。"

既然寺井自己提到了家里，花冈便顺势不露声色地问道：

"令夫人可好？"

寺井注视着雨珠不断滑落的玻璃窗，说：

"她在东京呢……跟我母亲怎么都处不来。加上我又病成这样，她也不得不去工作了。就让母亲照顾我，去水道桥的一家小出版社上班了。倒是常通电话，不过差不多两个月才来这边一趟。"

"虽然跟婆婆处不来，但也能在这边生活吧。"

如果那样的话，自己同进退维谷的佑子之间的这晦暗的一年，一定不会存在——花冈的心里徘徊着这样的念头。

　　"倒也没什么缘由。虽说这是常有的事，不过我总觉得，婆媳大概从上辈子开始就是仇人了吧。举手投足甚至说话的各种细节，两个人都互相厌恶得不行。要是我也像你那么说，她必然会马上打断我。结果我就彻底不想再去缓和她们的关系了。等你娶老婆的时候，要做好心理准备哦。"

　　"但是事情变成这样，也有很多原因吧？"

　　"大概也相互容忍了一段时间吧。要是其中一个人能明智一点，大概也能难得糊涂、相安无事。但佑子和母亲都是强势的人嘛，一旦激出火来就再也收不住了。吵起来就不晓得会闹成什么样。唉，这就是女人哪。"

　　一旦搞出了这种关系，花冈便再也无法轻易舍弃佑子的那种仿佛彻底自暴自弃的、萎靡般柔弱绵软而热情的身体了。他们在深夜的旅店酒吧中相遇，当花冈看到佑子那张明显带着加班后的疲惫、泛着油光的脸时，他的心里忆起在遥远的关西因结核而卧病的寺井，但同时又生出了一种"豁出去了"的冲动。不过，调去纽约工作也会让他同佑子的关系自然地结束掉吧。当他这么对佑子说时，她瞬间露出了安心的神色。花冈于是下定决心，要像这样佯装无事地去探望寺井。

　　"死也不能说啊。"

分别时，花冈最后这么说。

"是哦，就算是死了也不能说呀。"

佑子答道。见她几次用手指梳着左右两边垂下来的长发，一副十分轻松的神情，花冈莫名地陷入了一种不悦的预感。她少女时就似乎偏爱朴素而整洁的衣服——这让她有时显得比实际年龄小很多，有时又显得特别成熟。花冈眼前浮现出那衣服同她轻薄的内衣在旅店房间昧昧光亮的底色中散发着春情的光景——对佑子的不舍在他的心中愈发强烈了。即便是调职到大阪以后，花冈也常常忆起那片光景。佑子这个女人身上那种如覆水般的东西仿佛零落地漫溢在了旅店的那张地毯上。这魅惑的残像每天都变得愈发清晰，在那之后，它常常在花冈的心中掀起无可抑制的情欲来。

寺井和花冈被人潮推出了电车，就像沙粒被水流冲走一样。能听到身旁的人在说着什么"Bluewing"、"Titanic Lady"或是"Marsan Star"①之类的词。明明下着雨，这股向着同一个方向涌去的人流之中却卷起了满是尘埃的干燥的风。这股扑面的冷风在被雨淋湿的人群脚下缠绕着，又横穿过道口，飞下一个叫作"蝼蛄坂"的陡峭坡道，离那个混杂着票贩子、保安、警察以及气喘吁吁地往售票处跑的冒着酒气的男人的广场越来越近。对寺井的身体来说，

① 均为赛马名。

这样的寒风无疑是最有害的。花冈认真地担心起来。

"喂，我看还是算了吧。这里实在太乱了。"

"感觉有点头晕了。"寺井笑着说。

"啊，是吧。对身体不好，你还没痊愈呢。"

寺井却走得更快了，还安慰般地对花冈说，不要紧，不要紧。

"累了的话，马上回到医院去就好了嘛。短时间内是见不到你了。要是耽搁的话，你怕是六年都不能回国的哦。"

花冈让寺井在入口处等，自己去买入场券。人们摩肩接踵地往售票的地方挤过去，让他觉得十分光火——这些人到底在急些什么啊。雨水顺着人们撑起的伞骨往下滴，比伞外的雨还要大。等买好入场券回到寺井那边时，花冈的后领已经被淋透了。他用手帕擦着脖子，说：

"什么啊，我做梦都想不到今天会跟你来赌马。人生还真是难以预料。"

"嗯……所以才活着嘛。"

之前的比赛结果贴在一块很大的布告牌上。寺井一边往那边走，一边瞅着花冈嗤嗤地笑。他们买了预测报纸和红铅笔，拨开那片晃动的雨伞，走进了售卖马票的大楼。

"得先找个能坐下的地方吧。"

寺井想立刻加入买马票的队伍。花冈拦下他，然后努力分开那条络绎不绝地涌动着的购买马票的人浪，走到看台与赛场之间的一处露天的宽敞空间，抬头向阶梯状的看台望过去，想着能不能找到一处哪怕只让寺井一人坐下的空隙。但所有的空间都放着别人宣示权利的物品，其他的地方则是那些或站或坐的人，在大量香烟烟雾的笼罩中蠢动着。

寺井用力拉住仍在寻找空位的花冈的手臂，把他拽到了赛场旁的栅栏边。

"靠在这里更舒服些。雨也好像要停了。"

离得这么近，看马也看得清楚，他小声说。赛马们跟着一匹青色的引导马进了赛场，各自胡闹般地在外围和内围的栅栏间横着走。寺井指着那些马说：

"厉害吧，都已经兴奋起来了。"

寺井主押的是一匹栗毛马。它那被雨淋湿的身体到处都冒着雪白的泡沫状汗水。汗泡从马鞍下方滑落到它的肚子上，汇聚在性器一带，偶尔随着肌肉的绷紧黏糊糊地甩落在草坪上。

"这家伙，出了这么多汗，是要跟母马交配吧。"

寺井有些赞叹地说道。不过直到比赛结束，那匹栗毛都只是在马群中乱窜。开跑前的五六分钟，还有比赛到了最高潮时，那海啸一般的欢声和站着的人们持续前拥的压力不断地从他们的背后袭来——那是终点前方聚集着最多观众的位置。

连续三天的降雨让赛马场彻底成了一片泥泞，特别是靠近内围栅栏一侧，将近五六匹马宽度的赛道已经完全淹了水。几乎所有的马都在积水较少的外围栅栏边拥挤着奔驰。干烈的鞭声、骑手的叱咤，还有那群加起来恐怕足有数吨重的巨大而精致的生物踏地的轰响，在飞溅的泥块中涌起又瞬即消散。马儿越过终点，再驰过第一弯道①，便由着它们的余力和惯性，往对面的非终点直段②那边奔流而去。而迫压在寺井和花冈背后的那些数不清的看客，也在怒号与叹息的余声中如潮水般退去了。

"咱俩全没押中呀。"

寺井用轻快的语气说。他摆出一副对马票不那么在意的表情，面颊却泛红了，整张脸上也现出了此前完全没有的油光。

"下一场是野莓奖啊。按谐音的话，买一拖五吧？"③

再看报纸的预测，也都集中在一号和五号。花冈说：

"不过总得买中一次吧。不然亏大了。"

他又问，你怎么买？说着朝寺井伸过手去。寺井从花冈手里抽出两张一千日元的钞票，说：

"我买一拖三。要是热门的没赢，那就赚大了。"

"最后一场了啊。也该回去了，我也很累了。"

花冈跑着去买马票。返奖窗口前已经排起了长队，售马票窗口那里则没有那么多人。那么多人的交谈声、脚步

---

① 赛马从起点出发经过的弯道按先后顺序称为第一至第四弯道。
② 指第二弯道过后位于观众席另一侧的直线跑道。
③ "莓"和数字一、五在日语中发音相同。

声，还有会场中提醒人们防备扒手、提防所谓"情报屋"的骗子的广播声，让他在这栋灰色的建筑里透不过气来。花冈忽然注意到了排在自己身前的矮小老人——这人衣衫褴褛，戴着一顶脏兮兮的工作帽，披着件皱巴巴的运动衫，脚上那失去光泽的橡胶长靴，脚跟的位置都裂开了。他正出神地盯着体育新闻的预测栏。不过，引起花冈注意的并不是老人的模样，而是在他紧握着的手掌中露出的一张五百日元的纸钞。有那么一会儿，花冈都注视着那张很脏且满是折痕的钞票。他从来没有见过如此委屈地缩成一团的纸币，也从来没见过如此珍重地将一张这样的纸币攥在手里的人。花冈排在队里，朝窗口越挪越近。但他甚至忘了自己要买马票，而只想知道老人要买什么号码。这位老人，究竟打算用这张绝无仅有的钱币押哪匹马呢？

"一拖五。"

老人对窗口的女人说，随后步履蹒跚地消失在人群中了。花冈买了寺井的马票，又说了自己准备买的连胜复式的数字。所有人都觉得在下一场比赛的六匹马中，胜出的只会是一号和五号。然而，在老人买马票的那一瞬，花冈却觉得，比赛的胜负已经被交到了如死神一般的人物手里。花冈也买了一拖五。因为他想要稍微挑战一下刚才那位攥着同样马票的老人身上某种十分引人注目的、哀怨而潦倒的东西。是自己手中那虽然普通但又颇为顺利的东西更强，还是老人付出的那张似乎是被死神驱使的五百日元纸币的恶意更强呢？花冈蓦地生出一种恶作剧的心理。一年前，夜风里还夹杂着冬寒的余味，在电车月台上遇到佑子完全是一个偶然——那天的记忆在花冈的心中苏醒了。

"也没去照顾他，在这边上班呢。"

佑子带着几分自嘲地笑着，低声说道。她的嘴唇小却厚，好像欲言又止似的。

"不过那种病，夫人也不必一直陪在身边吧？"

"但至少要在附近嘛。得给他准备换洗的衣服或者做点爱吃的，对吧。之前也说过要他转到这边的医院来，不过又说婆婆在那边反而更方便。"

所以她就让婆婆照顾他，自己在这边散漫度日了。佑子说。

"你回哪里？"

"立川。娘家在那边。"

"那我也去立川好了。"

花冈也不太记得自己到底是出于怎样的考虑而对朋友的妻子说了这样的话。也许是因为站着聊天时，他感觉到佑子的微笑和言谈之中流露着一种既非化妆品也非香水的别样味道，同时有了一种想要进入一个有些危险的游戏之中的冲动。花冈看了一眼场内转播的赔率，回到等在终点附近栅栏旁的寺井身边。

"一拖五的赔率是三倍。一拖三是八点五倍。"

细雨笼罩了这座巨大的赛马场。自上而下的淡黄色的光浸染着雨幕，让它如同银粉一般慢慢地旋转着。寺井望着这般的光景，说：

"最近这段时间，我也开始想辞职了。不过还是要再拼一把。"

"你真要辞职？"

"是啊，上班族嘛，休个两三年病假试试看。任谁都会这么想的。"

这两年发生了好多事啊，寺井说。然后他把整个身体都靠在栅栏上，用一种毫无波澜的淡然语气开始讲述。花冈发觉，寺井故意来到赛马场——这个交织在喧嚣与寂静的奇妙交替之中的孤独广场——正是为了讲述这个故事。

差不多是一个月前的事情了。那天早上，起床的时候，寺井无意中往邻床看去，发现小健难得地早醒了，正躺着看早报。

"哇，今天晚上，土库川河堤上有烟花大会哦。不知道阿姨的房间能看到吗。"

小健对还在被窝里磨蹭的寺井说。寺井所在这间大病房的正上方是个三人间，这阿姨是个半老的妇人，一个人住在那里面。她已经住院十年了。那间病房里现在没住其他病人，所以大家总是不请自去。而她则会拿出各种没开封的点心招待他们，还会说些娱乐圈的传闻或是棒球之类的话题，聊以打发时间。医院附近有个很大的酒馆，她的独生女嫁到了那里，给她送了各式各样的杂志和周刊来。

所以阿姨熟稔这些八卦，连年轻人都甘拜下风。她很矮，身型圆滚滚的。

"我可不是胖哦，是浮肿。"

被那些男病友嘲笑的时候，她总会用两手摩挲着脸颊这么说。听说她的双肺只有正常人一半的大小了。结核病、湿性肋膜炎，加之关节的风湿侵入了肾脏，抬进医院时已经是弥留状态了。寺井也常听人说，她刚住进医院的时候体重只有二十六公斤，护士都错以为她是儿童病患。寺井住院三个月后，在阿姨住院后的八年时间里风雨无阻、从未间断、从早到晚地照顾她的丈夫中风而死。阿姨的肺部又是那样的状况，不晓得什么时候就会呼吸衰竭，所以一开始并不知晓丈夫离世。不过有天晚上，女儿告诉了她。寺井至今还会偶尔记起阿姨有一次对他说：

"真的，我这辈子，从没有像那天晚上那样哭过。"

不过阿姨身上倒还有个吉兆。这十年来，陆陆续续有几十名女病人成为她的室友，据说其中没有一个人在这里病死。因此每当有新的女性病患住院，老资历的护士还有寺井同屋的病友就会异口同声地把这件事告诉对方。于是阿姨的新室友都会双手在胸前紧紧合十，一改此前的颓唐，满面堆欢地说：

"呀，真的吗？好开心。"

不过与二楼的阿姨相反，和寺井同屋、住在最里面靠墙床位的高岛先生身上则围绕着不祥的传言。高岛在这里也住了差不多八年时间，他双肺的上肺部都有鸡蛋大小的空洞。他最初发病是在战争结束后，十八岁的时候。那个阶段是必须好好治疗的，但药品和营养都没能跟上，之后也一直糊弄着。到了五十岁，他并发了严重的糖尿病，又咯血了。结核病患者若是得了糖尿病，也就等于失去了痊愈的希望。高岛从几年前就申请了低保，这些年他愈渐消瘦，背驼得厉害，脸颊也干涩枯槁，上面蒙着一层白粉。传说住到高岛邻床的病人不知为何病情都会渐趋恶化而最后死掉，就算不死，也绝没有转好的可能。说这话的人正是与他邻床的英。

"我说，这可不是开玩笑。我是很怕的呢。能不能给我换间病房啊。躺在这种死神一样的人身边，睡都睡不踏实呀。"

虽然护士长说那只是以讹传讹，但英也不愿就这么放弃。他住院的时候，高岛的邻床是一位被人叫作"东北佬"的重症病人。这"东北佬"已经无法离开氧气瓶了，一到晚上就会发出痛苦的呻吟，于是被转到了大房间隔壁的单人病房。英就把"东北佬"当成一个很好的例证，说道：

"那家伙也是吧，已经快不行了吧？太恐怖了，我必须换到别的床去。"

不过英喜欢下将棋，而在这栋医院里又只有高岛才能同他一较输赢。加之二人邻床，于是他们就在两床间摆了个小台子，各自躺在床上，不分昼夜地下起棋来。要是换了房间，英就必须一次又一次地带着棋盘去找高岛。最后似乎还是欹枕对局的重要性胜过了高岛身上那真伪难辨的不祥之说，不知不觉间，英还是在那张"诅咒之床"上安住了下来。

"烟花啊，真想去看看。"

小健像个撒娇的孩子一样在被子里嘟囔着。金先生嘴里叼着牙刷，正要慢悠悠地去洗漱。他走到门旁边，含含糊糊地说：

"咱们去吧去吧，明天，去看烟花吧。"

他全名叫金满家。小健嘲笑他说，这名字翻译成日语就是非常有钱的意思。金满家听了，就会皱着他那淡淡的眉头，笑着说：

"是呀是呀，我就是出生在济州岛的有钱人家里嘛。"

据说他十一岁的时候，全家一起渡海来到了日本。有时候，从病房的窗户往外看会看到野狗，金就告诉他们：

"在我们国家，那可是治肺病的特效药。"

还劝寺井吃吃看。

"想拉屎的时候，就把在那边溜达的狗叫来。你只要脱下裤子，吹声口哨，它们就乐呵呵地跑过来了。然后你让它们把屎全吃掉，还要仔仔细细舔个干净。在我们国家，就说这种吃人屎长大的狗肉对肺病很有效，卖得很贵呢。"

所以金每次在自炊室做什么东西吃的时候，寺井他们就会笑说：是狗是狗。金洗漱回来说：

"'东北佬'那边好安静啊。不是死了吧？"

寺井和小健面面相觑，英已经一言不发地起身，去"东北佬"的病房了。

"别大惊小怪的。他正睡得香呢。"

他咯吱咯吱地挠了挠脖子和肚子，又钻回被子里了。

这段时间，"东北佬"的身体快速地衰弱下去。寺井脑海中浮现出他的样子——蜷缩在床上自己调节着氧气量，终日维持着微弱的呼吸。虽说"东北佬"病势如此沉重，却没有病友会维护他。这个人有他令人不喜的一面。明明没有什么了不起的原因，但他确实令人讨厌。人们也不喊他的本名，都嘲笑他很重的东北口音，给他起了这个外号。寺井住院以来，从没见过有人来探望这位"东北佬"。可能他孑然无亲吧，总之没有像是家人、亲戚的人来看他。听高岛说，按他那种肺的状态，还活着就很不可思议。

"就跟死人差不多了。"高岛说。

身体情况好的时候，"东北佬"也会蹭着墙挪去走廊那边。不过即便寺井跟他打招呼，他也从不答话，只是一言不发地迅速瞟一眼寺井的脸，然后移开视线，难以察觉地低低头。面对其他人时，他也是这样的态度。

"走去武库川河堤那边要三十分钟左右，寺井要一起去吗？"

小健似乎真的想看烟花，一个劲儿地劝寺井去。他的痰液检测结果头一回变成了阴性，所以这两三天都很欢快。

"要是在外出申请书上写去看烟花，会被院长骂哦。"

"别交什么申请了，咱们偷偷摸摸溜出去就好了嘛。"

"你自己去呗。护士问的话我帮你糊弄过去就行了。"

"一个人去，有点悬啊……"

　　配发早餐了，大家随意坐在圆凳上，沉默地大口吃着面包。这两年来，寺井每天早上都像这样，把一小块裹着锡纸的人造黄油胡乱抹在毫无滋味的干巴巴的面包上，借着冷牛奶勉强吞下去。这东西高岛已经吃了八年，二楼的阿姨甚至吃了十年。想到这里的那一刻，寺井不由得开始思忖：这些人，到底是谁呢？金、小健、英，还有"东北佬"，对自己而言又究竟有什么意义呢？若是自己不生病的话，那么他们就是那种从未相识甚至毫无关系的陌路之人。但此时的寺井已经无法将这种关系视作单纯的偶然，他只能认为他们之间的关系十分深厚，甚至从许久以前就约好了要在这同一家医院的同一间病房里一起度过漫长的艰难时日。他一边服下饭后的药，一边想着许久未见的妻子的脸。偶尔打电话时，寺井从佑子的声音里感觉到她的身边隐隐发生了一些异常，但他也不愿去追问清楚具体发生了什么。他觉得佑子身上有着身为女人的危险性。妻子在电话里流露的语气，处处都交杂着那种危险性的提升之感以及为了将之不露痕迹地掩饰过去的不必要的平静。寺井清晰地得出了这个判断。病情的恢复也比预期慢了许多，他的心里生出了一股剧烈的焦躁。即便能够重回岗位，自己在公司里的位置也不能与以前相提并论了，大概会退到无人问津的角落吧。更何况这个病一直都会有复发恶化的风险——病友们都这么说，寺井听得耳朵都起了茧子。

英和小健说要晒太阳，往后院去了。高岛和金还有寺井对面床的那位名叫龟山的老人留在屋里。龟山已经年近八旬，也没有什么痊愈的能力了。他总是一言不发，整日躺在床上。他的家人早晚两次来帮他料理下身的卫生。医院里也不是所有护士都很周到，所以他常会排泄在床上，散发出恶臭来。这时候金就会唠唠叨叨地抱怨着给他收拾。"能不能给老头子养条狗啊。"

他总是一脸认真地这么嘟囔。

寺井也想去晒晒太阳，于是披上睡袍到了走廊。"东北佬"的房门稍微开着些，能听到里面一迭声的咳嗽。寺井想着自己总归是讨嫌的，还是探头进去，试着问道：

"感觉怎么样？"

"东北佬"摘下氧气罩，蓦地，只把头抬起来，盯着寺井看了半响。寺井发觉他的眼睛有种异样的湿润，便走到病床旁，说：

"喂，要是觉得难受，可以随时按铃的。别自己忍着啊。"

话音未落，"东北佬"就勉力发出了嘶哑的声音：

"俺不想死啊。"

说着，眼泪也流了下来。他往屋里四下张望，像迷路的孩子在寻找父母一样，似乎还要说些什么。

"没事的，哪会死掉呢?"

寺井帮他整理好被子便出去了。但见了"东北佬"头一回在别人面前示弱，他的心里总有些发堵。于是他走去护士值班室，说"东北佬"的情况似乎有些异样，拜托她们多加留意。

吃完午饭，到了下午三点钟，饭后的平静时间也过了。一直负责量体温的那位年轻的见习护士发现"东北佬"死了，大喊起来。他似乎想在床上把身体往后靠一靠，就那么死掉了，枕边的氧气罩还"咻咻"地响着。

院长和护士都没在，于是寺井他们就在"东北佬"的遗体旁站了一会儿。阿姨和高岛含着眼泪，不断地重复着同样的话:

"样子很平静啊。没怎么受罪，走得很安详呢。"

"确实呀，很安稳啊。"

但在寺井眼里，"东北佬"的死相绝对称不上安详。他觉得，在那微睁的双目里，充满了努力搜寻过什么但终究无果的疲惫和遗憾。

寺井回到自己的床上，望着小健贴上去的裸体写真。他走之后护士也去看了，不过据说当时"东北佬"还是一如既往地一言不发。所以他在这个世界上的最后一句话就留给了寺井。俺不想死啊——这同时也是"东北佬"主动对寺井说过的绝无仅有的一句话。

众人都回到病房了。寺井一直沉默地盯着天花板。澎湃的悲哀一波又一波地翻涌而来。

"东北佬"被移到了太平间，但没有朋友或者亲人来。病人们也都不愿靠近那具孤寂的遗体。阿姨和高岛到那边去过两回，不过终究没有进去，还是回来了。护士平时都是在九点熄灯时巡视。这天七点钟她就来了：

"各位，觉得有什么不舒服吗？今晚九点不查房了，请原谅哦。有需要的话就请按铃。"

这句话莫名地让沉痛了半日的病人们放松了心情。屋里顿时热闹起来。

"喂，不去看烟花大会吗？得去借着热闹除除晦气嘛，不然就消沉下去啦。"

小健自言自语地说。最先反应过来的是英，接着金也开始换衣服，还硬拉着寺井一起去。这下子，连一副"你们不会来真的吧"表情的高岛都说要去。寺井觉得，与其同龟山老人二人一起度过这个阴郁的夜晚，还不如同他们一起去看那无趣的烟花，便也不情不愿地起身了。

"也叫上阿姨吧。"

说完，小健就轻手轻脚地上了二楼。不一会儿他就眉开眼笑地下来了：

"阿姨说也去。"

"真的假的啊？那咱们岂不是要举着香跟在她后面走，随时准备给她上供？"

英立刻面露难色。一个不留神，阿姨就有可能出现呼吸衰竭的情况，大家都没料到她也要去。

"我说啊，阿姨可不行，要是有个万一怎么办？"

寺井责怪小健。

"别说这种话嘛。带我一起去嘛。"

不知何时，阿姨已经换上和服下楼来了，圆圆的脸上溢满了笑容：

"院长先生也要我努力走走呢。在医院里走又算不了什么，而且烟花大会啊，我得有几十年没看过啦。"

"好嘞。要是觉得累了，我来背你。"

病症最轻的金说。

六人偷偷摸摸地穿过医院的中庭，又路过护士宿舍，从开在后门上的小门洞钻了出去。

"不知道为什么，总觉得在做很坏的事啊。"

小健小声说。他原本是汽车修理工，住院的时候还留着九毫米的寸头，但之后就再没理过发，如今已经长发遮耳了。应该是那些汽车涂装用的稀料、松节油之类的东西在喷雾时被吸进了肺里，让他的病情恶化了。

大家顾及阿姨的身体，走得很慢。原以为差不多半个小时就能到了，结果当他们远远望见武库川河堤的轮廓时，已经差不多是从医院出发的五十分钟后了。没有烟火，也看不到游人，只有阒静的黑暗在前方弥散着。

"真有烟花大会吗？小健你不是搞了错吧？"

高岛看着夜空，一脸诧异的神情。小健也一个劲儿扭头去看河那边的天空。他们穿过住宅街，登上高高的河堤，最后爬到一处能够眺望河道的地方，但还是没看到升空的烟花。

"好奇怪。我今天早上确实在报纸上看到了呀。上面说是西宫市首次举办的烟花大会呀。"

"确定是在武库川？"

金把头巾系在自己的和尚头上，一个人往河滩走下去了。远处的桥上停着汽车，尾灯光齐刷刷地从对岸径直照了过来。

"西宫市有没有比武库川更大的河？"

小健跟着金钻进了黑暗里。接着寺井也拉住阿姨的手走到河滩的草丛上。宽宽的河床中央，一道清浅的水流正闪着光亮。五六根陶土管被人丢在了水边。大家便各自坐在那上面，茫然地看着夜空。没有烟花，也没有其他人。只有寺井一行坐在河滩上。奇怪了，奇怪了。小健叨念着。

"我说你啊。就算是在武库川，可这河长着呢。顺着往下走，能到尼崎的海上。往上的话，嗯，能到哪里来着……"

英带着他惯常的那种颇为不悦的语气诘问小健，阿姨则安抚地说：

"也好嘛。托他的福，好好地散了回步呢。呼吸一下新鲜空气，心情也好了呀。"

不该在这个季节吹起的暖风讨好般地徐徐拂过黑暗中的河滩,五个人就那么久久地仰望着天空。

"我不会像'东北佬'一样,什么时候就死了吧?"

小健这句话也道出了寺井的不安。虽说如今已经有了许多特效药,但无疑,病人是否有吸收药效的生命力,最终会将他们区分为治和不治两类人。寺井觉察到自己正不得不失去许多东西。那既不是肉体的力量,也不是所谓的精力。似乎在不知不觉间,一种支撑自己活下去的、难以名状的巨大的力量已经流失掉了。但转念想来,这种难以挽回的丧失感也绝不是初次袭来。住院后,三个月过去了,半年又过去了——一种混合着愤怒、焦躁与悔恨,让人想要大喊大叫的激情在寺井心中静静地、纠缠般地酝酿起来。寺井屡屡想起自己在地铁站台上咯血的瞬间。然后又想起两月一次从东京而来的佑子的模样,还有她的体味。妻子的心,自己的病,还有流逝而去的时间,他都无能为力。

寺井偶然瞥见了坐在自己前方的小健和金的背影——那浮现在微暗的光里的黑色轮廓。仿佛提前说好似的,大家都没有说话。这时候,下游传来了"扑通"一声巨响。是什么东西掉到河里的声音。一瞬间,大家都朝声音的方向看过去,但除了水面那黯然的光泽外什么都看不见。过了一小会儿,阿姨说:

"咦?高岛去哪里了?"

正当他们相互确认时,小健已经悲声喊着高岛的名字,朝那声音传来的方向跑去了。

"那家伙跳河了。"

英也迅即站起身，追着小健跑下去了。接着，寺井也跑进了草丛里。

"不行，太黑了，什么都看不见啊。"

金站在河边呻吟般地说。水流没到了他的膝盖。

"被他搞了个大的啊。得赶紧通知警察。喂，金，你快去打电话吧。"

听了英的话，金便往河堤的方向跑去，不一会儿又喊着"硬币、硬币"，跑了回来。大家都伸手去口袋里找打电话用的十日元硬币，但不巧，谁都没有。

"阿姨，你带着十日元硬币没？"

听见小健的问话，寺井才开始担心起阿姨来。她正单手按着胸口在那里愣愣地站着。所有人都被这未曾预料的事态吓到了。

"我说小健啊，你竟然骗我。"

他们循声朝河堤那边看去，只见高岛双手抱着个很大的纸包走了过来。

"烟花大会是昨天的。而且就像糊弄小孩子一样，放了十五六发就没了。面包店的大妈还在嘲笑呢。"

"你去哪儿了？"

小健用颤抖的声音问，随后双手捂着脸啜泣起来。

"我去买面包了啊。"

纸包里是罐装饮料，还有豆沙面包之类。

"你要去买面包，能不能提前说一声！"

英对着他耳朵大喊。高岛一个劲儿地眨着他那细长的小眼睛，茫然地看着大家。

"这么说，刚才那个声音是什么？"

金拧着被浸湿的袜子问道。他刚刚也相当慌张，穿着鞋就踩进水里了。

六人又回到了陶土管那边，并排坐下，吃高岛买来的豆沙面包。小健也一边抽泣，一边大口吃起来。

"不过这东西这么甜，对你的身体不好吧？"

寺井看着高岛的驼背，问道。

"嗯，跟自杀差不多吧。"

"你这家伙，快去死吧！"

英又吼起来。

"说起来，我倒也确实想过，还是索性死掉比较痛快。"

说着，高岛从他那皱巴巴的上衣的口袋里掏出一罐啤酒，递到英的面前轻轻晃着。

"我就想到你肯定想喝这个，就去给你买了。别说狠话了哦。"

英"啊"了一声，从高岛手里接过那罐啤酒。

"你倒是挺有眼力见儿嘛。"

"是啊，各人有各苦嘛。"

英立刻灌了一口啤酒。喝了大约半罐，又递给正低着头怄气的小健喝。

"不要，会传染肺病。"

大家听了都笑起来。这时阿姨一脸不安地说：

"我有点不舒服了。"

众人又慌忙站起来。金弯下腰要背她，阿姨又说不要紧，一直按着自己的胸口。她做了两三次深呼吸，笑着说：

"啊，已经好了。刚刚像要发作似的，吓了我一跳。"

于是六人打道回府。爬上河堤的时候，金强行背起了不断推辞的阿姨，唱起了"轻若——鸿毛的将棋子——啊——"①

关闭场内窗口的铃声响了，终点旁的栅栏前和看台上都挤满了看客。寺井收住话头，又平静地说：

"高岛去给大家买来面包和饮料，突然出现在漆黑一片的河滩上时，我心里似乎有什么东西脱落了。就像是被除了附身的鬼魂一样。"

指示集合的旗子在起跑闸前摇起来了。几匹浑身透湿的黑亮的赛马在那里等着马夫来，时而曲颈若弓，时而焦躁地在原地打转，时而又似乎全无战意地倏然望向远方。寺井轻轻敲了敲自己胸口病变的位置，笑道：

"我才不会被这玩意儿搞死呢。"

———————————

① 演歌歌手村田英雄的代表作《王将》的歌词。

说完便转脸去看登上发令台的裁判。

场内的喇叭开始播报了。一齐奔跃而出的六匹马在雾霭里忽隐忽现，接着被从非终点直段到第三弯道间的植物和障碍赛马用的树障彻底遮住了身形。欢呼和广播声在后面的看台上回响着。赛马已经绕过第四弯道进入终点直段了，但花冈还是看不到它们。唯有雾气、泥水，还有草坪那淡淡的绿色，在人类轰轰烈烈的呐喊中寂然无声。

"一拖五！给我赢啊！"

身后的声音这么嚷着。花冈和寺井双双探身到栅栏外，竭力踮起脚，终于看到了渐渐变得越来越大的六个黑点。那黑点又迅即化作了裹着泥浆的、精致的生物的形状，踩着泥泞疾驰而来。五号与一号之间只有两个马身的距离，而其他四匹马则远远地落在后面，已然无法望其项背。胜负之势形同已定，只有场内的播报还在一次又一次地呼喊着赛马的名字，煽动着人们的热情。

正当那两匹马竞争着驰过花冈和寺井面前时，突然，人们耳畔听到了一声巨响。仿佛"砰"地被砸倒一样，五号马猛地栽在了泥泞里。它立刻飞身而起，在原地旋转、腾跃着。左前腿正中间的关节部分折断了，浅红色的断口又戳进了它的胸部，鲜血从那里喷溅出来。被甩了一个筋斗的骑手爬起身，按着自己的肩膀走到它旁边。那马站立不住，又摔倒了，又站起来，像被火烧灼一般狂舞着，然后再一次跌进泥淖。四下里响起怒吼声，还有嘲笑、怨怼和嘶喊的声音——只有被撕得粉碎的马票纷飞着，飘落在人们的脸上、肩上。

救护车来了，运马的车也来了。似乎已经死掉的那匹马又一次猛跃而起，由于剧痛的刺激而在赛场上翻滚起来。它难以置信般地看着自己那摇摇晃晃的前腿，宛如人在抖落手指尖沾到的脏污一般，用力地挥动起来。血，随着它身体的震颤，不断迸流。